L'ANALPHABÈTE

Née à Londres en 1930, Ruth Rendell est d'abord journaliste, puis publie son premier roman, *Reviens-moi*, en 1964. Elle est aujourd'hui un des plus grands auteurs de romans policiers, à mi-chemin entre Agatha Christie et Patricia Highsmith.

Elle a obtenu un Edgar pour *Ces choses-là ne se font pas*, le Prix du meilleur roman policier anglais avec *Meurtre indexé* en 1975, le National Book Award en 1980 pour *Le Lac des Ténèbres*, et le Prix de la Crime Writers Association pour *L'Enveloppe mauve* en 1976. En France, elle a obtenu le Prix du Roman d'Aventures en 1982 pour *Le Maître de la lande*.

RUTH RENDELL

L'Analphabète

TEXTE FRANÇAIS
DE MARIE-LOUISE NAVARRO

LIBRAIRIE DES CHAMPS-ÉLYSÉES

Titre original :

A JUDGEMENT IN STONE

CHAPITRE PREMIER

Eunice Parchman tua la famille Coverdale parce qu'elle ne savait ni lire, ni écrire.

Ce crime n'avait aucun véritable mobile. Il n'était pas prémédité. Il eut pour résultat de faire connaître l'analphabétisme d'Eunice Parchman, non seulement à une famille et au village, mais à tout le pays. Son forfait ne lui rapporta que ce qu'elle redoutait le plus. Tout au fond de son étrange esprit, elle savait qu'elle n'y gagnerait rien. Et cependant, bien que sa complice fût folle, Eunice ne l'était pas. Elle possédait le bon sens pratique d'un singe sous l'aspect d'une femme du XXe siècle.

L'instruction est l'une des pierres angulaires de la civilisation. Etre illlettré, c'est être déformé. La dérision, qui fut autrefois attachée à une tare physique, s'applique peut-être plus justement aujourd'hui à l'analphabète.

Si celle, ou celui, qui en est frappé vit parmi des gens peu cultivés, le mal n'est pas grand, car au royaume des borgnes, les aveugles ne sont pas rejetés. Le malheur, pour Eunice Parchman, fut que ceux qui l'employèrent pendant neuf mois étaient des gens particulièrement cultivés. S'il s'était agi d'une famille de Béotiens, tous seraient peut-être encore en vie, et Eunice serait libre dans son monde mystérieux d'instinct et de sensations, dans l'absence totale de tout ce qui est écrit.

La famille appartenait à la bourgeoisie aisée et vivait

une vie tout à fait conventionnelle à la campagne. George Coverdale était licencié en philosophie, mais depuis l'âge de trente ans, il était P.D.G. de la Tin Box Coverdale Company, héritée de son père à Stantwich, dans le Suffolk.

Jusqu'à la mort de sa femme, atteinte d'un cancer, il avait habité avec leurs trois enfants, Peter, Paula et Melinda, une grande maison datant des années trente dans les faubourgs de Stantwich.

Son fils aîné, Peter se maria un an après. L'année suivante, au mariage de sa fille Paula avec Brian Caswall, George rencontra Jacqueline Mont, âgée de trente-sept ans. Elle aussi avait été mariée et avait divorcé, son mari l'ayant abandonnée avec son fils. A cinquante et un ans, George était fort bel homme. Pour lui et Jacqueline, ce fut le coup de foudre. Ils se marièrent trois mois plus tard. George acheta un vieux manoir à quinze kilomètres de Stantwich et s'y installa avec sa nouvelle épouse, sa fille Melinda, alors âgée de quatorze ans, et Giles Mont, de trois ans son cadet.

Lorsqu'Eunice Parchman fut engagée à leur service, George et Jacqueline étaient mariés depuis six ans. Ils prenaient une part active à la vie sociale de la région et étaient considérés comme les châtelains du pays. Leur mariage était idyllique. Jacqueline avait été fort bien accueillie par ses beaux-enfants. Peter était maître de conférence en économie politique dans une université du nord. Paula, elle-même mère de famille, vivait à Londres, et Melinda, maintenant âgée de vingt ans, préparait une licence d'anglais à l'université de Norfolk à Falwich. Quant à son propre fils, Giles, qui n'avait que dix-sept ans, il était encore au collège.

Quatre membres de cette famille, George, Jacqueline, Melinda Coverdale et Giles Mont, moururent en l'espace de quinze minutes le 14 février, jour de la Saint-Valentin. Eunice Parchman et une femme portant le nom prosaïque de Joan Smith tirèrent sur eux, le dimanche soir pendant qu'ils regardaient la télévision.

Deux semaines plus tard, Eunice fut arrêtée pour ce crime — parce qu'elle ne savait pas lire.

Mais il y avait bien autre chose encore.

CHAPITRE II

Les jardins de Lowfield Hall sont aujourd'hui envahis par les mauvaises herbes. L'une des vitres du salon, cassée par un des garçons du village, a été remplacée par un carton. La glycine, brûlée par un été chaud et le manque d'arrosage, pend au-dessus de la porte comme un vieux sarment.

Avant qu'Eunice y eût apporté la désolation, Lowfield Hall avait été une agréable demeure, aussi confortable et bien tenue que celles des environs. Tout donnait à penser que ceux qui l'habitaient mèneraient une vie heureuse et paisible.

Mais un jour d'avril, ils invitèrent Eunice à y entrer.

Le vent faisait onduler les jonquilles comme une mer dorée. Les nuages qui couraient dans le ciel transformaient tour à tour le jardin en un jour d'hiver ou en un jour d'été.

Toutefois, l'hiver s'arrêtait devant les fenêtres. Le soleil, qui dardait ses rayons entre deux nuages, s'ajoutait à la douceur de la température, et il faisait suffisamment chaud pour que Jacqueline Coverdale s'installât, vêtue d'une robe à manches courtes, pour prendre son petit déjeuner.

Elle tenait une lettre de sa main gauche où brillaient son alliance en platine et le solitaire que George lui avait offert pour leurs fiançailles.

— Je ne m'attendais pas du tout à cela, dit-elle.

— Un peu plus de café, s'il te plaît, chérie, dit George.

Il aimait qu'elle le servît, pourvu qu'elle ne fût pas trop occupée. Il aimait la regarder, sa Jacqueline, si jolie, si blonde, si mince! Six années de mariage ne l'avaient pas blasé, et il s'émerveillait encore du miracle de l'avoir rencontrée.

— Excuse-moi, reprit-il, tu ne t'attendais pas à quoi? Nous n'avons pas reçu d'autre réponse. On ne peut dire que l'on se bouscule pour venir travailler chez nous!

Elle secoua la tête en faisant voleter ses cheveux courts.

— Nous pourrions essayer encore une fois. Je sais que tu vas me trouver sotte, George, mais j'ai l'espoir absurde que nous allons tomber sur... quelqu'un dans notre genre, ou du moins, une personne raisonnablement bien élevée qui accepterait de faire des travaux ménagers pour vivre dans une maison agréable.

— Une « dame » comme on disait naguère!

Jacqueline sourit :

— En tout cas, quelqu'un qui s'exprimerait mieux que cette femme. « E. Parchman »! Quelle drôle de façon de signer pour une femme!

— C'était l'usage à l'époque victorienne.

— Peut-être, mais ce temps est révolu. Oh! il m'arrive de le regretter. Imagine un peu! Nous aurions une femme de chambre pour nous servir à table et une cuisinière pour préparer les repas!

Elle n'ajouta pas que Giles serait trop bien élevé pour lire à table. Avait-il seulement écouté? S'intéressait-il à la conversation?

— Nous n'aurions pas d'impôts sur le revenu, ajouta-t-elle à haute voix, et il n'y aurait aucune de ces horribles maisons neuves pour déparer le paysage.

— Et pas d'électricité, dit George en touchant le radiateur, derrière lui, ni d'eau chaude courante, et Paula serait peut-être morte en couches.

— Je sais, soupira Jacqueline, mais cette lettre, chéri! Et sa façon de répondre au téléphone! Je suis sûre que c'est une créature vulgaire qui cassera les assiettes en porcelaine et ne balaiera pas sous les lits.

— Tu ne peux en être sûre, et il est injuste de la juger sur une simple lettre. Tu cherches une aide-ménagère, pas une secrétaire. Va la voir. Tu as fixé un rendez-vous. Paula t'attend, et tu risques de regretter d'avoir laissé passer une chance. Si elle te fait mauvaise impression, dis-lui non, et nous envisagerons un nouvel essai.

La pendule sonna le premier quart de huit heures. George se leva :

— Viens, Giles, je crois que cette pendule retarde.

Il embrassa Jacqueline. Lentement, Giles ferma son exemplaire du *Baghavad Gita* qui était étalé devant lui et déplia son long corps dégingandé, avec une sorte de léthargie concentrée, avant de tendre sa joue boutonneuse à sa mère.

— Dis mille choses affectueuses à Paula, lança George de la porte.

Ils partirent ensemble dans la Mercedes blanche, George pour son usine, Giles pour son école, la Magnus Wythen Foundation. Ils roulèrent un moment en silence, bien que George ait fait un effort de conversation en remarquant qu'il y avait beaucoup de vent. Giles répondit « Mmmm » et, comme toujours, se replongea dans sa lecture.

Pourvu que cette femme fasse l'affaire, songea George. Jackie ne peut continuer à s'occuper seule de cette grande maison. Si nous ne trouvons personne, il nous faudra déménager et prendre une villa plus petite. Cela ne me sourit guère, aussi, faites, mon Dieu, que cette E. Parchman fasse l'affaire!

A Lowfield Hall, il y avait six chambres, trois salles de bains, un grand salon, un petit salon, une salle à manger, une cuisine, une arrière-cuisine et une salle d'armes. En ce matin d'avril, la maison n'était pas exactement mal tenue, mais le ménage laissait beaucoup à désirer. Il y avait un film bleuâtre sur toutes les vitres des trente-trois fenêtres, et ce film était orné d'empreintes digitales. Celles d'Eva Baalham et, probablement bien qu'elle fût partie depuis deux mois, celles de la plus lamentable des jeunes filles « au pair ».

Un jour, Jacqueline avait fait le calcul et estimait qu'environ mille mètre carrés de moquette recouvraient les sols. Pourtant, celle-ci était assez propre. La vieille Eva aimait se servir de l'aspirateur, tout en racontant ses histoires de famille. Elle se servait aussi d'un chiffon de meuble à hauteur d'œil. Il était seulement regrettable qu'elle ne mesurât qu'un mètre cinquante.

Jacqueline plaça la vaisselle du petit déjeuner dans le lave-vaisselle et mit le lait et le beurre dans le réfrigérateur. Celui-ci n'avait pas été dégivré depuis six semaines. Le four n'avait probablement jamais été nettoyé. Avec un soupir, elle monta au premier étage. C'est terrible, pensa-t-elle, je devrais avoir honte de moi-même, il y a de la poussière partout.

La petite salle de bains, celle que l'on appelait « la salle de bains des enfants », était dans un état déplorable. Le dernier remède de Giles contre l'acné, une sorte de pâte verte, formait une croûte au fond du lavabo. Des serviettes mouillées traînaient par terre. Dans les chambres, les lits n'étaient pas faits. Rapidement, elle tira les draps roses, remonta les couvertures et déplia le dessus en satin sur le lit qu'elle partageait avec George. Le lit de Giles resterait dans l'état où il l'avait laissé. De toute façon, il était douteux que Giles le remarquât.

Il était regrettable qu'elle n'eût pas autant de goût pour le ménage que pour sa toilette. Mais elle était ainsi. Après avoir pris un bain, elle se fit les ongles, enfila une robe plus chaude, des collants fins et retoucha son maquillage d'un doigt léger. Puis, elle mit le manteau de vison que George lui avait offert pour Noël avant d'aller au verger cueillir un bouquet de jonquilles pour Paula. Du moins, elle s'était occupée du jardin. Il n'y avait pas de mauvaises herbes et la pelouse était tondue.

Le nez dans les fleurs dont le parfum l'enchantait, elle retourna dans la maison. Etait-ce son imagination ou bien y avait-il vraiment une drôle d'odeur dans la cuisine? Elle traversa la salle d'armes, qui était dans son désordre habituel, et sortit, laissant la poussière s'accumuler un peu plus à Lowfield Hall.

Jacqueline posa les fleurs sur le siège arrière de la Ford et se prépara à couvrir les cent kilomètres qui la séparaient de Londres.

George Coverdale était un fort bel homme aux traits réguliers. Il avait gardé une silhouette aussi mince que lorsqu'il ramait pour son université en 1939. De ses trois enfants, un seul avait hérité son physique avantageux, et ce n'était pas Paula Caswall. Sa gentillesse et la douceur de ses yeux bleus la sauvaient de la banalité, mais son état ne l'avantageait pas car elle en était à son huitième mois de grossesse. Elle avait à s'occuper d'un vigoureux petit garçon et à tenir une assez grande maison à Kensington. Elle était grande et forte; ses chevilles étaient enflées. La naissance de Patrick avait été difficile, et elle envisageait la seconde délivrance avec effroi.

Elle aurait préféré ne voir personne, et surtout que personne ne la vît, mais elle comprenait que sa maison était l'endroit le plus pratique pour un entretien avec cette éventuelle gouvernante qui habitait Londres. Elle accueillit sa belle-mère avec affection, admira les jonquilles et complimenta Jacqueline sur sa toilette. Elles déjeunèrent ensemble, et Paula écouta avec sympathie les réticences de Jacqueline sur l'entrevue qui allait avoir lieu. Cependant, elle était décidée à ne pas prendre part à l'entretien. Patrick faisait la sieste, et, lorsque la sonnette retentit à deux heures moins deux, Paula se contenta d'introduire la femme vêtue d'un imperméable bleu-marine. Elle la laissa au salon avec Jacqueline, mais dans les quelques secondes passées avec Eunice Parchman, elle éprouva une violente antipathie pour elle. Eunice lui fit une forte impression comme elle le faisait si souvent sur les autres. On aurait dit qu'un souffle glacé émanait d'elle. Paula devait se rappeler, plus tard, cette première impression et se reprocher amèrement de ne pas en avoir tenu compte.

La réaction de Jacqueline fut différente. Après avoir été opposée à engager cette femme avant même de l'avoir vue, elle fit une complète volte-face. Deux facteurs l'y poussèrent : sa vanité et un certain snobisme.

Elle se leva au moment où Eunice entrait dans la pièce et lui tendit la main.

— Bonjour. Vous êtes très ponctuelle.

— Bonjour, madame.

Depuis des années, personne ne s'était adressé à Jacqueline sur ce ton déférent. Elle en fut enchantée et sourit.

— Est-ce Miss ou Mrs. Parchman?

— Miss Parchman. Eunice Parchman.

— Voulez-vous vous asseoir?

Aucune répulsion n'affecta Jacqueline. Elle fut la dernière de la famille à éprouver ce sentiment, peut-être parce que dès le premier instant, elle décida d'engager Eunice Parchman et ensuite, au cours des mois qui suivirent, de la garder.

Elle vit une créature placide avec une tête un peu trop petite, des traits fermes, des cheveux bruns, striés de gris, de petits yeux bleus, un corps massif, de grandes mains aux ongles coupés courts et de grands pieds chaussés de souliers décolletés. Dès qu'elle fut assise, Eunice Parchman déboutonna le haut de son imperméable, dégageant un pull-over à col roulé d'un bleu plus clair. Elle resta calmenent assise, regardant ses mains croisées sur ses genoux.

Sans se l'avouer, Jacqueline Coverdale préférait les hommes beaux et les femmes laides. Elle s'entendait avec Melinda, mais pas aussi bien qu'avec Paula et Audrey, l'épouse « jolie-laide » de Peter.

Eunice Parchman avait au moins le même âge que Jacqueline bien qu'il fût difficile de le préciser, et il n'y avait aucun doute sur sa laideur. Si elle avait appartenu au même milieu qu'elle, Jacqueline se serait demandé pourquoi Eunice ne portait aucun maquillage et ne suivait pas un régime amaigrissant, mais pour une servante, tout était dans l'ordre.

Face à ce silence respectueux, et à ce physique qui lui convenait, Jacqueline oublia les questions qu'elle avait l'intention de poser. Au lieu d'examiner la candidate en cherchant à savoir si elle convenait pour venir travailler chez elle, elle se mit en devoir de persuader Eunice Parchman que la famille Coverdale lui conviendrait.

— C'est une grande maison, mais nous ne sommes que trois, sauf quand ma belle-fille vient à la maison pour le week-end. Nous avons une femme de ménage trois fois par semaine et naturellement, je fais moi-même la cuisine.

— Je sais faire la cuisine, madame.

— Ce ne sera pas nécessaire. Il y a un lave-vaisselle et un grand réfrigérateur. Mon mari et moi nous chargeons des commissions. Nous recevons beaucoup, ajouta-t-elle non sans quelque crainte.

Eunice hocha la tête.

— J'en ai l'habitude. Le travail ne me fait pas peur.

Jacqueline aurait alors dû demander pourquoi Eunice quittait sa présente situation. Elle n'en fit rien. Elle était subjuguée par ce ton respectueux, constrastant tellement avec celui d'Eva Baalham et plus encore avec celui de la trop jolie jeune fille au pair.

— Quand pouvez-vous commencer?

Le visage impassible d'Eunice manifesta une légère surprise.

— Vous désirez sans doute des références.

— Oh! oui, bien sûr!

Eunice sortit de son grand sac noir, une carte qu'elle tendit à Jacqueline. De la même écriture qui lui avait tant déplu, elle lut : Mrs. Chichester, 24 Willow Lane, Londres SW 18, et un numéro de téléphone. L'adresse était celle fournie par la lettre d'Eunice.

— C'est à Wimbledon, n'est-ce pas?

Eunice acquieça. Sans aucun doute, cette supposition erronée lui convenait.

Elles discutèrent de gages et de la façon dont Eunice devrait se rendre à Stantwich, à condition, naturellement, que les références fussent satisfaisantes.

— Je suis certaine que nous nous entendrons bien.

Eunice sourit enfin. Ses yeux restèrent froids et durs, mais sa bouche remua. C'était certainement un sourire.

— Mrs. Chichester vous serait reconnaissante de lui téléphoner ce soir avant neuf heures. C'est une vieille dame, elle se couche tôt.

Cet égard envers son employeur ne pouvait être qu'un bon point de plus en sa faveur.

— Vous pouvez être tranquille, je le ferai, dit Jacqueline.

— Merci, madame, ne vous dérangez pas, je trouverai le chemin toute seule, dit Eunice, montrant, ou du moins Jacqueline l'interpréta-t-elle ainsi, qu'elle savait rester à sa place.

Si Jacqueline avait mieux connu les faubourgs de Londres, elle se serait aperçue qu'Eunice Parchman lui avait dit un mensonge, ou plutôt avait acquiescé à un malentendu. Car le code postal de Wimbledon était S.W. 19 et non S.W. 18 qui se rapportait à un quartier beaucoup moins résidentiel. Mais elle ne le remarqua pas et quand elle arriva à Lowfield Hall à six heures, cinq minutes après George, elle ne lui montra pas la carte d'Eunice.

— Je suis sûre qu'elle sera idéale, chéri, dit-elle avec enthousiasme, tout à fait le genre de vieux serviteur dont nous pensions que la race était éteinte. Je ne peux te dire à quel point elle est calme et respectueuse. On pourrait presque lui reprocher d'être trop humble, mais je sais qu'elle va être une rude travailleuse.

George prit sa femme dans ses bras et l'embrassa. Il ne fit aucun commentaire sur son revirement et ne prononça pas de « je te l'avais bien dit ». Il avait l'habitude des préjugés de Jacqueline auxquels succédaient souvent des accès d'enthousiasme et il ne l'en aimait que plus pour son caractère impulsif qui, à ses yeux, la rendait si jeune et si féminine. Il se contenta de remarquer :

— Peu importe qu'elle soit humble, l'essentiel est qu'elle te décharge de tout le travail.

Avant de téléphoner, Jacqueline, qui avait une vive imagination, s'était fait une image du genre de maison où Eunice Parchman travaillait et de la personne qui l'employait. Willow Lane était une rue tranquille de Wimbledon et le N° 24, une grande maison victorienne. Quant à Mrs. Chichester, c'était une vieille dame à principes, exigeante, autoritaire, mais juste. Sa servante la quittait parce qu'elle ne pouvait plus se permettre de lui payer des gages convenables par ces temps d'inflation.

A huit heures, elle composa le numéro. Eunice Parchman répondit elle-même; sur le même ton déférent, elle demanda à Jacqueline de ne pas couper pendant qu'elle allait chercher Mrs. Chichester. Jacqueline l'imagina traversant un vestibule sombre et entrant dans un grand salon mal chauffé où la vieille dame écoutait de la musique classique en lisant la rubrique nécrologique de son quotidien favori. Sur le pas de la porte, Eunice s'arrêtait pour annoncer : Mrs. Coverdale vous demande au téléphone, madame.

La réalité était bien différente. Le téléphone en question était fixé au mur du palier, au premier étage d'une maison meublée de Earsfield. Eunice Parchman attendait patiemment depuis cinq heures que le téléphone sonnât, de crainte qu'un autre locataire ne décrochât.

Agée de cinquante ans, ouvrière dans une usine de machines-outils, Mrs. Chichester s'appelait de son vrai nom Annie Cole. Elle acceptait parfois de rendre des services de cette sorte à Eunice qui, de son côté, s'était engagée à ne pas révéler au service des Postes que pendant un an, après la mort de sa mère, Annie avait continué à toucher la pension de celle-ci. C'était Annie qui avait écrit la lettre et le nom sur la carte et c'était dans sa chambre meublée N°6 au 24 Willow Lane S.W. 18 qu'Eunice monta la chercher pour répondre au téléphone. Annie Cole dit :

— Je suis vraiment désolée de perdre Miss Parchman, Mrs. Coverdale. Elle s'occupe de moi depuis sept ans. C'est une excellente cuisinière, et je n'ai qu'à me louer de ses services. Vraiment, si elle a un défaut, c'est d'être trop consciencieuse.

Même Jacqueline jugea ce portrait un peu trop flatteur. Elle eut le bon sens de demander pourquoi cette perle la quittait.

— Parce je m'en vais moi-même. Je dois rejoindre mon fils en Nouvelle-Zélande. Le coût de la vie devient prohibitif ici. J'aurais voulu emmener Miss Parchman avec moi, mais elle a des idées conservatrices et préfère rester dans la mère-patrie. Je me plais à penser que je la laisse dans une charmante famille comme la vôtre.

Jacqueline se déclara satisfaite.

— As-tu confirmé ton accord à Miss Parchman? demanda George.

— Oh! j'ai oublié. Je vais lui écrire.

— Retéléphone lui, plutôt.

19

Pourquoi ne pas retéléphoner, Jacqueline? Si vous aviez recomposé ce numéro, un jeune homme regagnant sa chambre et passant par le palier, aurait décroché. Il vous aurait dit qu'il ne connaissait pas de Miss Parchman ici. Il n'y avait pas non plus de Mrs. Chichester, mais seulement un Mr. Chichester, propriétaire de l'immeuble, dont le nom figurait sur l'annuaire, mais qui habitait lui-même Croydon. Décrochez le téléphone, Jacqueline!

— Je pense qu'il vaut mieux que je lui confirme mon accord par lettre.

— Comme tu voudras, chérie.

Le moment était passé, cette dernière chance perdue. George décrocha le téléphone, mais ce fut pour appeler Paula, car le rapport que sa femme lui avait fait sur la santé de sa fille l'inquiétait. Pendant qu'il parlait à Paula, Jacqueline écrivit sa lettre.

Que faisaient alors les autres personnes dont la destinée était de périr ensemble le 14 février?

Joan Smith prêchait sur les marches d'un cottage. Melinda Coverdale, dans sa chambre à Galwich, s'excrimait à trouver un sens à *Sir Gawain and the Green Knight*. Giles Mont récitait des *mandras*, hymnes védiques, pour favoriser la méditation.

Mais déjà, ils étaient liés ensemble. A cet instant, quand Jacqueline refusa de faire cet appel téléphonique, un fil invisible les prit comme au lasso et les attacha les uns aux autres.

CHAPITRE III

George et Jacqueline étaient des gens discrets. Ils ne proclamèrent pas leur bonne fortune. Mais Jacqueline en parla à son amie Lady Royston, qui le répéta à Mrs. Cairne. De bouche à oreille, la nouvelle se propagea chez les Higg, Meadows, Baalham et Newstead, au *Blue Boar*, et devint bientôt le sujet de toutes les conversations, remplaçant les excentricités de Joan Smith.

Eva Baalham se hâta de faire savoir à Jacqueline — à sa manière indirecte — qu'elle était au courant.

— Allez-vous lui donner la télé?

— Donner la télévision à qui? demanda Jacqueline en rougissant.

— Celle qui vient de Londres, parce que dans ce cas, je peux vous faire avoir un poste bon marché par mon cousin Meadows qui a un magasin d'électricité à Gosbury, mais ne posez pas de question et on ne vous répondra pas de mensonges.

— Merci beaucoup, dit Jacqueline, plus contrariée qu'elle ne voulait le paraître. En fait, nous achetons un poste en couleurs pour nous, et Miss Parchman pourra avoir le nôtre.

— Parchman? dit Eva en crachant sur une vitre avant de l'essuyer avec son tablier, je me demande si c'est un nom de Londres?

— Je n'en sais rien, Mrs. Baalham. Quand vous aurez fini ce que vous êtes en train de faire à cette fenêtre, peut-être serez-vous assez bonne pour monter avec moi afin de préparer sa chambre?

— J'arrive, dit Eva avec son accent traînant de l'Anglie de l'Est.

Jamais elle n'appelait Jacqueline « Madame ». Cela ne lui serait même pas venu à l'esprit. A ses yeux, la seule différence entre elle et les Coverdale était la fortune. A d'autres égards, elle leur était supérieure car ils étaient des nouveaux venus et ne faisaient pas partie de la « gentry », mais seulement de la bourgeoisie, alors que ses propres ancêtres, petits propriétaires terriens, vivaient à Greeving depuis cinq cents ans. Elle n'enviait pas leur fortune. Elle était satisfaite de ce qu'elle possédait et préférait son petit appartement HLM à Lowfield Hall qui était une grande baraque difficile à chauffer.

Elle n'aimait pas Jacqueline, qui s'habillait trop jeune et se donnait de grands airs, alors qu'elle n'était que l'épouse d'un directeur d'usine. A quoi servaient tous ces « Voulez-vous être assez bonne » et « je vous remercie beaucoup »? Je me demande comment elle va s'entendre avec cette Parchman, ruminait-elle. Et moi? De toute façon je pourrais toujours m'en aller. Mrs. Jameson-Kerr me supplie à genoux d'aller travailler chez elle, et elle paie soixante pence l'heure.

— J'espère qu'elle a de bonnes jambes, dit Eva en montant péniblement l'escalier.

Depuis longtemps le grenier avait été transformé en deux grandes chambres et une salle de bains. De là-haut, on avait la plus belle vue sur toute la région que Constable avait peinte, assis sur les rives de la Beal.

— Nous faisons son lit dans cette chambre, n'est-ce pas? dit Eva en entrant dans la plus grande et la mieux exposée des deux pièces.

— Non, dit Jacqueline, je garde cette chambre pour les petits-enfants de mon mari quand ils viennent en vacances.

— Il faut qu'elle soit confortablement installée si vous voulez la garder, dit Eva en ouvrant la fenêtre. Il fait beau. Nous aurons un été chaud, si le Seigneur le permet. Tiens, le jeune Giles sort avec votre voiture, sans même vous avoir demandé la permission!

Jacqueline était furieuse. Elle pensait qu'Eva aurait dû appeler Giles « Mr. Mont » ou, dire au moins « votre fils », mais elle se consola en songeant que Giles sortait enfin de sa retraite volontaire pour aller respirer un peu d'air frais.

— Si vous le voulez bien, Mrs. Baalham, nous allons commencer à déménager les meubles.

Giles conduisit la voiture dans l'avenue bordée d'arbres et tourna dans Greeving Lane qui était un chemin vicinal où deux voitures avaient du mal à se croiser. Dans les haies, l'aubépine était en fleurs, embaumant l'air de son parfum léger. Plus loin, dans les champs, le blé commençait à dresser ses pousses vert pâle sous un ciel d'un bleu limpide. Un coucou chanta.

Prétendant ne rien remarquer de cette exultation de la nature — et en dépit de son credo de ne faire qu'un avec l'univers — Giles continua à rouler et traversa le pont. Il détestait la campagne. Elle l'ennuyait. Lorsque l'on disait cela aux gens, ils étaient choqués, probablement parce qu'ils ne se rendaient pas compte que personne, ayant tout son bon sens, ne pouvait passer plus d'une heure par jour, à marcher dans les champs, contempler les étoiles ou s'asseoir au bord de la rivière. De plus, il faisait toujours froid ou brumeux. Il détestait autant la chasse que la pêche et il ne serait jamais un cavalier. George, qui avait essayé de l'encourager dans ce sens, avait finalement compris l'impossibilité d'une telle tâche. Giles n'allait jamais se promener à pied dans la campagne. Lorsqu'il était obligé de marcher de Lowfield Hall jusqu'à l'arrêt de l'autobus, à huit cents mètres de là, il gardait les yeux fixés au sol. Il avait essayé de les fermer, mais il s'était cogné contre un arbre.

Il adorait Londres où il pensait avoir été heureux. Il aurait aimé être pensionnaire dans une grande ville, mais sa mère avait refusé parce qu'un psychologue lui avait expliqué que son fils avait une nature inquiète et qu'il avait besoin d'une atmosphère familiale.

Etre d'un tempérament inquiet ne le troublait pas. Il cultivait au contraire son air absent de jeune intellectuel préoccupé. L'année précédente, il avait obtenu de si bonnes notes qu'un article avait paru, dans le journal, à son sujet. Il entrerait facilement à Oxford. Il savait déjà autant de latin et probablement plus de grec que le professeur qui lui enseignait ces matières à Magnus Wythen.

Il n'avait pas d'amis à l'école et méprisait les garçons du village qui ne s'intéressaient qu'aux motocyclettes et à la pornographie. Ses parents auraient voulu qu'il fréquentât Ian et Christopher Cairne et quelques autres garçons de leur milieu, mais il les voyait rarement car ils n'allaient pas à la même école. Pas plus les garçons du village que ses camarades de classe n'avaient essayé de se mesurer avec lui. Malgré sa maigreur, sa taille atteignait déjà un mètre quatre-vingt cinq et il continuait à grandir. Son visage était couvert d'acné et, en dépit de lavages fréquents, ses cheveux étaient toujours gras.

Pour l'instant, il se rendait à Sudbury pour acheter un paquet de teinture. Il voulait teindre tous ses jeans et ses tee-shirts en orange, en accord avec sa nouvelle religion qui était, en gros, le Bouddhisme. Quand il aurait économisé assez d'argent, il avait l'intention d'aller aux Indes et — à l'exception de Melinda — de ne jamais revoir sa famille Enfin, sa mère, à la rigueur, mais ni son père, ni ce vieux George collet-monté, ni ce pharisien de Peter et moins encore cette bande de péquenots. A moins qu'il ne se convertît au catholicisme entre temps. Il venait de terminer la lecture de *Brideshead Revisited* et il se deman-

24

dait s'il ne vaudrait pas mieux être catholique à Oxford, et si brûler de l'encens dans son escalier ne vaudrait pas un voyage aux Indes. Néanmoins, il teindrait quand même ses jeans et ses tee-shirts, juste au cas où...

Il s'arrêta au garage Meadows à Greeving pour prendre de l'essence.

— Quand la dame de Londres va-t-elle arriver? demanda Jim Meadows.

— Mmmmmm?

Jim aurait aimé le savoir afin de pouvoir le répéter le soir au *Blue Boar*. Il reposa la question. Giles réfléchit et demanda du bout des lèvres :

— Sommes-nous mercredi?

— Bien sûr, toute la journée.

— Elle arrive samedi, je crois.

« Peut-être ou peut-être pas », pensa Jim, avec ce gars-là, allez savoir. Il était un peu louftingue. Sa mère avait tort de le laisser circuler dans une belle bagnole comme celle-là.

— Melinda sera à la maison pour la recevoir, sans doute?

— Mmmmm, fit Giles en remettant la voiture en marche.

Il sortit son paquet de *Philip Morris* et alluma une cigarette. Aucun de ses essais religieux philosophiques n'avait pu le détourner de ses cigarettes favorites.

Melinda serait à la maison. Il ne savait si ce serait agréable ou non. Superficiellement, ses relations avec elle étaient indifférentes, et même distantes, mais au fond de son cœur, Giles se voyait comme un Poe ou un Byron, frôlant la passion incestueuse.

Cette idée lui était venue six mois plus tôt. Jusque-là, il avait considéré Melinda comme une sœur. Naturellement, il savait qu'elle n'était pas sa sœur, ni même sa demi-sœur, et que rien ne les empêcherait de tomber amoureux l'un de l'autre, ni même de se marier. A part leurs trois années de différence d'âge — qui plus tard perdraient de leur importance — il ne pourrait y avoir d'objection à un tel projet. Sa mère y serait plutôt favorable, et ce vieux George se laisserait circonvenir. Mais ce n'était pas ce que Giles voulait ou ce qu'il voyait en imagination. Dans ses rêves, Melinda et lui étaient un nouveau Byron et une nouvelle Augusta Leigh qui s'avouaient leur passion en se promenant sur les hauteurs de Greeving par un temps de hurle-vent, — une promenade que rien ne pourrait l'induire à faire dans la réalité. Du reste, il y avait peu de réalité dans tout ceci. Dans ses fantasmes, Melinda était différente, plus pâle, plus mince, presque phtisique. Confrontés l'un à l'autre dans l'obscurité d'une nuit profonde, le souffle coupé par un vent violent, ils s'avouaient leur amour qui, bien entendu, devait rester secret et n'être jamais consommé. Plus tard, s'ils se mariaient chacun de leur côté, leur passion continuerait et serait considérée comme un sentiment profond et indéfinissable.

Il acheta deux paquets de teinture appelée *Flamme capucine*. Il acheta aussi un poster représentant une jeune fille pré-raphaélite avec un visage vert et des cheveux rouges, penchée au-dessus d'un balcon. Elle plut à Giles car elle ressemblait à ce que serait Melinda quand elle aurait atteint le dernier stade de tuberculose.

Il retourna à la voiture et trouva une contravention sous l'essuie-glace. Il ne laissait jamais la voiture au parking. Il aurait eu cent mètres à parcourir à pied.

Quand il rentra à la maison, Eva était partie, et sa mère était sortie en lui laissant un mot sur la table de la cuisine. Cela commençait par « mon chéri » et se terminait par « affectueusement, Maman ». Le reste consistait en recommandations sans fin sur le repas froid qui se trouvait dans le réfrigérateur et la raison pour laquelle elle devait se rendre à un meeting féminin.

Ces choses-là le surprenaient toujours. Il savait où était

son repas froid et n'aurait jamais songé à laisser un message à quiconque. C'était bien à cela que l'on voyait l'âge des gens.

Il descendit à la cuisine et mit ses vêtements et la teinture dans deux grandes bassines dont sa mère se servait pour faire la confiture. Pendant que l'eau bouillait, il s'installa à la table de cuisine pour manger son poulet froid et de la salade en lisant les mémoires d'un mystique qui avait vécu dans un *Poona Ashram*, pendant trente années sans prononcer un seul mot.

Le vendredi après-midi, Melinda Coverdale revint à la maison. Le train la conduisit de Galwich à Stantwich, et un autocar la mena jusqu'à un village appelé Gallows Corner, à trois kilomètres de Lowfield Hall. Là, elle guetta le passage d'une voiture. A cette heure, il y avait toujours de la circulation. Melinda s'installa sur le mur du jardin de Mrs. Cotleigh et attendit au soleil.

Elle portait des jeans relevés au-dessus des genoux, des bottes de cow-boy rouges, très usées, une chemise de coton et un chapeau jaune, cuvée 1920. En dépit de cet accoutrement, il n'y avait pas de plus jolie fille entre Stantwich et King's Lynn. C'était Melinda qui avait hérité la beauté de son père. Elle avait son nez droit, son front haut, sa bouche bien dessinée, ses yeux bleus, très brillants et l'abondante chevelure blonde de sa mère. Une énergie que rien ne semblait jamais pouvoir ralentir, la tenait toujours en mouvement.

Elle sortit un cahier de son sac, fit une petite grimace, le remit en place, jeta le sac dans l'herbe et sauta à côté. Puis elle se mit à cueillir des coquelicots.

Cinq minutes plus tard, Geoff Baalham, qui était un petit cousin d'Eva, passa dans sa camionnette.

— Salut, Melinda, puis-je vous déposer chez vous?

Elle rassembla vivement son sac, son chapeau et ses coquelicots et courut s'installer à côté de lui.

— Il y a une bonne demi-heure que je suis là, dit Melinda qui n'avait aucune notion du temps.

— J'aime votre chapeau.

— Vraiment, Geoff? Vous êtes gentil.

Melinda connaissait tout le monde au village et appelait chacun, même les gens âgés, par son prénom. Elle conduisait des tracteurs, ramassait les fruits et regardait vêler les vaches. En présence de son père, elle parlait plus ou moins poliment des Jameson-Kerr, des Archer, des Cairne ou de Sir Robert Royston, mais elle les désapprouvait et les traitait de réactionnaires. Une fois, au cours d'une chasse au renard, elle était venue brandissant une bannière avec un slogan protestant contre la chasse. Dans son adolescence, elle était allée pêcher avec les garçons du village et regarder les lièvres sortir à la brune. Un peu plus tard, elle était allée danser avec eux aux bals de Cattingham et s'était laissé un peu embrasser derrière la mairie. Elle était aussi bavarde que les femmes du village et aussi intéressée qu'elles par la vie de la communauté.

— Que s'est-il passé à Old Greeving en mon absence? Racontez-moi tout. Il y a trois semaines que je ne suis pas venue à la maison, dit-elle avec enthousiasme, je sais que Mrs. Archer a fait une escapade avec Mrs. Smith.

Geoff eut un large sourire :

— Le malheureux! Je parie qu'il a passé un mauvais quart d'heure avec sa bourgeoise! Laissez-moi réfléchir... Susan Meadows a eu son bébé. C'est une fille, et ils l'appellent Lalage.

— Ce n'est pas vrai!

— Je savais que ça vous surprendrait. Votre mère s'occupe du conseil de la paroisse, et je pensais que vous en aviez entendu parler. Oh! votre père a acheté un poste de télé en couleurs.

— Je lui ai téléphoné hier et il ne m'en a pas soufflé mot!

— Il ne l'a que depuis aujourd'hui. C'est ma tante Eva qui me l'a dit, il y a une heure. Vos parents vont donner le vieil appareil à cette femme qui vient de Londres pour travailler chez vous.

— Oh! Seigneur! Que c'est mesquin! Papa n'est qu'un sale fasciste! Ne pensez-vous pas que c'est là le geste le plus anti-démocratique que vous avez jamais vu, Geoff?

— Ainsi va le monde, Melinda. Il en a toujours été ainsi et il en sera toujours de même. Vous ne devriez pas traiter votre 'Pa de tous les noms. Si j'étais à sa place, je vous donnerais une bonne fessée.

— Geoff Baalham! A vous entendre on ne croirait pas que vous avez seulement un an de plus que moi.

— Souvenez-vous que je suis maintenant un homme marié, et cela donne le sens des responsabilités. Vous voici arrivée. Dites à votre 'Man que je lui ferai porter des œufs par Tante Eva, lundi matin sans faute.

Bien qu'Eva Baalham ne fût qu'une cousine éloignée, il lui donnait toujours le titre de « tante ».

— Entendu. Merci de m'avoir ramenée, Geoff. Vous êtes un chou.

Geoff repartit vers sa ferme et Barbara, qu'il avait épousée en janvier dernier, tout en se disant quelle jolie fille était cette Melinda Coverdale. Il poussa un soupir en se souvenant des baisers innocents échangés quelques années plus tôt près de la rivière.

Melinda remonta l'allée bordée de châtaigniers en fleurs et fit le tour de la maison pour entrer par la salle d'armes. Giles était assis devant la table de la cuisine, plongé dans le dernier chapitre de son livre Poona, une *Philip Morris* à la main.

— Salut, vieux frère!

— Bonjour, dit Giles qui n'appréciait pas cette appellation.

Elle semblait incongrue dans ses fantasmes byronniques. Ceux-ci s'estompaient toujours dès que Melinda apparaissait en chair et en os.

Car justement, elle était bien en chair, agréablement répartie : Melinda avait les joues rouges et une belle santé, presque agressive. Elle piaffait toujours d'impatience. Giles soupira, gratta ses boutons et songea à son voyage aux Indes.

— Comment as-tu fait pour mettre de l'encre rouge sur tes jeans?

— Ce n'est pas de l'encre. J'ai voulu les teindre, mais la teinture n'a pris que sur les coutures.

— Tu es fou!

Elle partit à la recherche de son père et de sa belle-mère et les trouva au dernier étage, occupés à mettre une dernière main à la chambre de Miss Parchman.

— Bonjour, mes chéris!

Elle leur donna un baiser à chacun, mais le premier fut pour son père.

— Papa, tu as bruni. Si j'avais su que tu rentrerais si tôt, j'aurais téléphoné à ton bureau de la gare. Geoff Baalham m'a ramenée. Il a dit que sa tante apporterait des œufs lundi matin et que tu allais donner notre vieille télé à la nouvelle bonne. Je n'ai jamais entendu parler d'un geste aussi faciste de toute ma vie! Il ne manquerait plus que de lui demander de manger seule à la cuisine!

George et Jacqueline se regardèrent.

— Mais bien sûr!

— Quelle horreur! Il n'est pas étonnant que la révolution soit en marche : *A bas les aristos*! Aimez-vous mon chapeau, Jackie? Je l'ai acheté pour cinquante balles à Oxfam Shop. Seigneur! Je meurs de faim! J'espère qu'il ne vient pas de raseurs ce soir?

— Allons, Melinda cela suffit!

Le reproche était proféré avec tendresse. George était incapable de se fâcher avec sa fille préférée.

— Nous sommes tolérants avec tes amis, tu dois l'être avec les nôtres. En fait, les Royston viennent dîner.

Melinda poussa un grognement et s'écria avant que son père ait pu protester :

— Je vais téléphoner à Stephen pour lui demander de m'emmener dîner dehors mais, Jackie, je vous promets de rentrer assez tôt pour vous aider à tout ranger. Songez seulement que vous n'aurez plus rien à faire demain quand cette vieille figure de Parchemin sera là!

— Melinda!

— C'est qu'elle a vraiment l'air d'avoir un visage en parchemin, dit Jacqueline qui ne put s'empêcher de rire.

Melinda alla au cinéma avec Stephen Crutchley, le fils aîné du médecin. Les Royston vinrent dîner à Lowfield Hall, et Jacqueline leur dit :

— Attendez à demain! Ne m'enviez-vous pas, Jessica?

« Mon Dieu, faites qu'elle soit la perle qu'espère Jackie! » pria George.

Schadenfreude, ce vilain petit sentiment d'envie, fit secrètement espérer à Sir Robert et à Lady Royston qu'elle serait taillée sur le même modèle que leur Anne-Lise, leur Birgit ou leur couple espagnol depuis longtemps oublié.

On verrait bien. Il suffisait d'attendre à demain.

CHAPITRE IV

Les Coverdale avaient spéculé sur la capacité de travail d'Eunice Parchman et sur son attitude respectueuse envers eux. Ils lui avaient préparé une chambre avec salle de bains, des fauteuils confortables, un poste de télévision et un lit avec de bons ressorts comme on prépare l'écurie pour un pur-sang. Ils désiraient qu'elle fût satisfaite parce que, si elle l'était, ellle resterait chez eux. Mais, ils ne la considéreraient pas du tout comme un être humain.

Lorsqu'ils se levèrent le samedi 9 avril, ils ne songèrent nullement à ce que son passé avait pu être. Ils ne s'inquiétèrent pas de savoir si elle pouvait être nerveuse à l'idée de venir chez eux et si elle était visitée par les mêmes espoirs et les mêmes appréhensions qu'eux. A ce stade, Eunice n'était guère plus pour eux qu'une machine.

Mais Eunice était un être humain. C'était même l'être humain le plus étrange qu'ils aient jamais rencontré. S'ils avaient connu son passé, ils l'auraient écartée avec effroi et lui auraient fermé leur porte.

Le passé d'Eunice Parchman reposait dans cette maison qu'elle se préparait maintenant à quitter. Une vieille maison à toit terrasse parmi la longue rangée de maisons similaires dans Rainbow Street à Tooting, avec sa porte ouvrant directement sur le trottoir. Elle était née là, quarante-sept ans plus tôt, fille unique d'un employé des chemins de fer et de sa femme.

Dès sa naissance, son univers fut limité. Elle semblait

être de ces personnes qui sont destinées à passer leur existence dans les limites de quelques rues. Son école était pratiquement à la porte d'à côté, et les membres de sa famille qu'elle fréquentait habitaient dans le voisinage immédiat. Sa destinée fut temporairement dérangée lorsque la seconde guerre mondiale éclata. Avec quelques milliers d'autres écoliers londoniens, elle fut envoyée à la campagne avant d'avoir pu apprendre à lire. Bien qu'étant des gens peu clairvoyants, ses parents furent alarmés par les rapports qu'ils reçurent au sujet de leur fille qui ne semblait pas s'adapter à la vie rurale, et ils la firent revenir avec eux pour vivre sous les bombes de la ville ravagée.

Dès lors, Eunice ne fréquenta plus l'école que de façon sporadique. Elle alla d'un établissement à l'autre pour y passer quelques semaines, au mieux, quelques mois, mais, chaque fois, elle entrait dans une nouvelle classe où les autres élèves étaient beaucoup plus avancées qu'elle. Pas une seule maîtresse d'école ne s'avisa de découvrir la lacune fondamentale de son ignorance et moins encore d'y remédier. Ahurie, apathique, elle restait assise au fond de la classe, fixant des pages incompréhensibles ou un tableau noir sibyllin. Ou bien, elle s'absentait, stratagème toujours couvert par sa mère. En conséquence, lorsqu'elle quitta définitivement l'école, un mois avant son quatorzième anniversaire, elle savait signer son nom et lire des phrases comme « le chat est sous la chaise » ou « Jim aime le lait, mais Jack aime le pain », et c'était à peu près tout.

L'école lui avait enseigné une chose : cacher par de nombreux subterfuges qu'elle ne savait ni lire, ni écrire.

Elle alla travailler dans une confiserie de Rainbow Street où elle apprit à distinguer une tablette de chocolat d'une autre par la couleur du papier qui l'enveloppait.

Lorsqu'elle eut dix-sept ans, la maladie qui menaçait sa mère depuis des années, se déclara. Il s'agissait de sclérose en plaque, bien qu'il fallût quelque temps au médecin pour s'en rendre compte. A cinquante ans, Mrs. Parchman se trouva clouée sur un fauteuil roulant, et Eunice abandonna son travail pour s'occuper de sa mère et tenir la maison. Ses jours s'écoulèrent alors dans un monde obscure car l'analphabétisme est un genre de cécité. Si on l'avait dit aux Coverdale, ils n'auraient pu croire qu'un tel monde pût exister. Pourquoi n'avait-elle pas cherché à s'instruire? auraient-ils demandé. Pourquoi n'était-elle pas allée suivre des cours du soir? Pourquoi n'avait-elle pas cherché du travail et pris quelqu'un pour soigner sa mère? Pourquoi n'avait-elle pas fait partie d'un club? rencontré des gens? Oui, pourquoi, en vérité?

Entre les Coverdale et les Parchman, il y avait un gouffre. Pour George, une jeune fille était toujours une version de Paula et de Melinda, enfants chéries, élevées avec amour. Il n'en était pas ainsi pour cette fille laide, au corps lourd et à l'air renfrogné. Elle n'avait jamais entendu un morceau de musique, à part des extraits de *Gilbert Sullivan* que son père sifflait en se rasant. Elle n'avait jamais vu de tableau célèbre, à part la reproduction de Mona Lisa dans le hall de l'école, et elle était à ce point ignorante que si vous lui aviez demandé qui était Napoléon et où se trouvait le Danemark, elle vous aurait regardé sans comprendre.

En revanche, Eunice possédait une grande dextérité manuelle. Elle faisait bien le ménage et la cuisine et s'occupait de sa mère de façon experte. Etait-il alors surprenant qu'elle préférât faire ces choses en paix, chez elle? Etait-il bizarre qu'elle prît plaisir à écouter les cancans des voisines âgées et qu'elle évitât la compagnie de leurs enfants qui savaient lire et écrire et qui parlaient de sujets qu'elle ne comprenait pas? En mangeant des chocolats qu'elle adorait et qui la faisaient grossir, elle prenait plaisir à repasser, à faire l'argenterie et les cuivres, et à tricoter pour les voisines, augmentant ainsi les revenus de la famille.

A trente ans, elle n'était jamais entrée dans un café, n'était jamais allée au théâtre et n'avait jamais voyagé, ni fréquenté un garçon, ni porté de maquillage, ni été chez le coiffeur. Elle était allée deux fois au cinéma avec Mrs. Samson, sa voisine de palier, et avait vu le couronnement de la Reine sur l'écran de télévision de Mrs. Samson. Entre l'âge de sept et douze ans, elle avait voyagé quatre fois en train. Telle était l'histoire de sa vie.

La vertu pourrait naturellement être le corollaire d'une telle existence. Eunice avait peu d'occasions de mal faire, et pourtant, elle les trouva.

— S'il y a une chose que j'ai apprise à Eunice, disait sa mère, c'est à distinguer le Bien du Mal.

C'était un cliché, mais les Parchman n'avaient guère l'habitude d'exprimer des pensées originales.

Ce qui tirait Eunice de son apathie étaient ses impulsions. Subitement, elle éprouvait le besoin impérieux de tout laisser et de marcher. Ou bien, de tout retourner dans une pièce. Ou encore de défaire une robe et de la refaire avec de petites modifications. Elle obéissait toujours à ces impulsions.

Son manteau usagé boutonné jusqu'au menton, un foulard sur la tête, elle marchait pendant des heures, traversait des ponts et allait jusqu'à West End. Ces promenades furent éducatives. Elle voyait des choses que l'on n'enseigne pas à l'école, même si l'on sait lire. Et son instinct, qui n'était pas contrôlé ou réprimé par des lectures, lui apprenait ce que ces spectacles signifiaient. Dans West End, elle vit des prostituées; dans les parcs des couples s'enlaçaient; sur les Communaux, des homosexuels guettaient furtivement dans l'ombre.

Un nuit, elle vit un homme, qui habitait Rainbow Street, entraîner un jeune garçon derrière un buisson. Eunice n'avait jamais entendu prononcer le mot « chantage ». Elle ignorait que demander de l'argent en formulant des menaces était un acte puni par la loi. Mais Caïn n'avait probablement jamais entendu le mot « meurtre » avant de tuer son propre frère. Il existe des désirs enfouis au fond du cœur de l'homme qui n'ont pas besoin d'être appris pour être éprouvés. Très probablement, Eunice pensa faire quelque chose d'original. Elle attendit que son voisin reparût pour lui dire qu'elle irait tout raconter à sa femme s'il ne lui donnait pas dix shillings par semaine pour se taire. Terrifié, il accepta et lui versa cette somme pendant des années.

Dans sa jeunesse, le père d'Eunice avait été un homme religieux. Il lui avait donné le nom d'un personnage du Nouveau Testament et parfois, assez facétieusement, il se référait à ce fait, en prononçant son nom à la manière des Grecs.

— Qu'as-tu préparé ce soir pour dîner, Eu-Nicey, mère de Timothée?

Cela exaspérait Eunice. Elle en était ulcérée. Pensait-elle vaguement qu'elle ne serait jamais la mère de personne? Les pensées des illettrés sont enregistrées en images et par des mots simples. Le vocabulaire d'Eunice était limité. Elle s'exprimait en clichés hérités de sa mère, de sa tante et de Mrs. Samson.

Lorsque sa cousine se maria, éprouva-t-elle de l'envie? Il y avait de l'amertume aussi bien que la cupidité dans son cœur lorsqu'elle commença à soutirer dix shillings de plus par semaine à une voisine mariée qui avait des relations coupables avec un voyageur de commerce. Elle n'exprimait à personne ses émotions ou ses vues sur la vie.

Mrs. Parchman mourut alors qu'Eunice avait trente-sept ans, et son veuf prit aussitôt sa place d'invalide permanent. Il pensait peut-être que les services d'Eunice étaient trop bons pour être perdus. Il avait toujours eu les reins faibles, et maintenant, il cultivait son asthme en gardant le lit.

— Je ne sais pas où je serais sans toi, Eu-Nicey, mère de Timothée!

Où il serait? Probablement toujours en vie!

Les impulsions d'Eunice la poussèrent un jour à prendre l'autocar pour aller passer une journée à Brighton. Une autre fois, elle sortit tous les meubles du living-room pour peindre les murs en rose. A cette occasion, son père alla passer deux semaines à l'hôpital.

— Surtout pour vous donner un peu de répit, Miss Parchman, dit le médecin. Il peut s'en aller à n'importe quel moment, il peut aussi vivre des années.

Mais Mr. Parchman ne montrait aucun signe de défaillance. Eunice lui servait des filets de poissons bien préparés et lui faisait du pudding aux rognons qu'il affectionnait particulièrement. Elle entretenait le feu de sa chambre et lui portait l'eau chaude tandis qu'il chantait « Le roi d'amour est un berger ».

Par un bel après-midi de printemps, il s'assit dans son lit, les joues roses et dit de la voix claire de ceux dont les poumons sont parfaitement sains :

— Tu peux m'envelopper dans une couverture et me mettre dans le fauteuil roulant de 'Man pour me conduire sur les Communaux, Eu-Nicey, mère de Timothée.

Eunice ne répondit pas. Elle prit un des oreillers derrière la tête de son père et le lui appliqua violemment sur le visage. Il se débattit et lutta un peu, mais pas longtemps. Ses poumons, après tout, n'étaient pas très sains. Eunice n'avait pas le téléphone. Elle sortit et ramena le médecin chez elle. Il ne posa pas de questions et signa aussitôt le certificat de décès et le permis d'inhumer.

Eunice était libre.

Elle avait quarante ans et ne savait que faire de sa liberté maintenant qu'elle l'avait. « Surmontez ce ridicule complexe de ne savoir ni lire, ni écrire », aurait dit George Coverdale, « apprenez un métier, prenez des locataires, menez une vie sociale. » Eunice ne fit rien de tout cela. Elle resta dans la maison de Rainbow Street où son loyer était ridiculement bas. Elle avait pour revenus ce que lui rapportaient ses chantages, se montant maintenant à deux livres par semaine.

Alors, comme si ces vingt-trois années n'avaient jamais existé, elle retourna à la confiserie où elle avait fait ses débuts et y travailla trois jours par semaine.

Au cours d'une de ses promenades, elle avait aperçu Annie Cole qui se rendait à la poste de Merton avec un livret de pension à la main. Eunice savait reconnaître un livret de pension car elle avait vu son père signer le sien bien souvent. Elle connaissait également Annie Cole de vue, l'ayant remarquée à la sortie du crematorium, au moment où le cortège funèbre de Mr. Parchman arrivait. Annie Cole avait perdu sa mère et voilà qu'Annie allait encaisser sa pension en racontant au guichetier que sa pauvre mère allait un peu mieux. L'avantage d'être illettré est que cela développe une excellente mémoire visuelle.

En conséquence, Annie devint la troisième victime et la secrétaire d'Eunice. Elle lui payait un tiers de la pension et lui rendait de menus services. Comme elle était sans malice, elle ne vit rien d'extraordinaire dans la conduite d'Eunice dans un monde cruel.

Cependant, Annie se prit à penser que le temps était venu de tuer sa mère pour l'état civil, car elle prenait peur. Seulement Eunice l'en empêchait, ne voulant pas renoncer à sa part. Annie Cole décida alors de se débarrasser d'Eunice, et ce fut elle qui, l'ayant flattée sur le point sensible de ses qualités ménagères, la poussa à répondre à l'annonce des Coverdale.

— Vous pourriez gagner trente-cinq livres par semaine, logée, nourrie, blanchie. J'ai toujours dit que vous perdiez votre temps dans cette boutique.

— Je ne sais pas, dit Eunice dont c'était la réponse favorite.

— Du reste, vous allez perdre cette place de vendeuse. On parle de démolir cet immeuble, ce qui ne serait pas un mal. — Annie examina un exemplaire du *Times* qu'elle avait ramassé dans une poubelle. — Tenez, cela paraît alléchant. Pourquoi ne pas écrire pour voir ce que cela donne. Vous n'aurez pas besoin d'y aller si la réponse ne vous tente pas.

— Ecrivez, si vous voulez, dit Eunice.

Comme tous ceux qui la connaissaient bien, Annie soupçonnait Eunice d'être illettrée, ou à moitié illettrée, mais elle n'en était pas tout à fait sûre. Parfois, Eunice semblait lire des magazines, et elle savait signer son nom. Après tout, il existe beaucoup de gens qui ne lisent pas et n'écrivent pas, bien qu'ils le puissent. Annie écrivit donc la lettre à Jacqueline, et quand vint le moment de l'entrevue, ce fut elle qui fit la leçon à Eunice.

— Appelez-la « Madame », Eunice, et ne répondez que lorsqu'elle vous questionnera. Mère avait été placée, quand elle était jeune, et elle m'en parlait souvent. Je peux vous donner des tuyaux.

Pauvre Annie! Elle adorait sa mère, et la fraude du livret de pension avait été perpétrée plus pour avoir l'illusion de conserver sa mère en vie que pour le gain.

— Je peux aussi vous prêter les souliers décolletés de Mère. Ce doit être votre pointure.

Et cela marcha. Avant qu'Eunice ait eu le temps d'y réfléchir davantage, elle était engagée par les Coverdale et, bien que ses gages fussent de vingt-cinq et non de trente-cinq livres par semaine, cela lui parut être une fortune. Cependant, comment se laissa-t-elle si facilement persuader, elle qui était attachée à son terrier comme un animal sauvage?

Ce n'était pas pour voir de nouveaux paysages, ni pour des avantages pécuniaires, ni même pour le plaisir de montrer ce dont elle était capable. Elle prit surtout cette place pour échapper aux responsabilités.

Tant que son père avait vécu, bien que la situation fût

déplaisante à plus d'un égard, ils n'avaient fait qu'un. Il se chargeait de régler le loyer, les quittances d'eau et d'électricité, de remplir des formulaires et de lire ce qu'il y avait à lire. Eunice payait les quittances en argent liquide au guichet des différents organismes, mais elle ne pouvait louer un poste de télévision ou en acheter un à crédit. Il y aurait eu des formulaires à remplir. Des lettres et des circulaires lui étaient parfois adressées. Elle ne pouvait les lire. Lowfield Hall résoudrait ces problèmes.

Son propriétaire accepta son congé avec une immense satisfaction. Mrs. Samson s'occupa de la vente de son mobilier. Eunice vit partir tous ses biens matériels d'un visage impassible. Elle empaqueta ses affaires dans deux valises prêtées par Mrs. Samson. Vêtue d'une jupe bleu, d'un pull-over bleu tricoté à la main et de son imperméable bleu marine, elle fit des adieux caractéristiques à cette bonne voisine qui lui avait servi de mère et avait assisté à sa naissance.

— Eh bien, je m'en vais, dit Eunice.

Mrs. Samson l'embrassa sur les deux joues, mais elle ne demanda pas à Eunice de lui écrire, car elle était la seule personne vivante qui fût véritablement au courant.

A la gare de Liverpool, Eunice regarda les trains — de véritables trains et non le métro — pour la première fois depuis quarante ans. Comment deviner lequel prendre? Sur le tableau des départs, noirs sur blancs, étaient tracés des hiéroglyphes. Elle détestait poser des questions. Cependant, elle y fut contrainte.

— Sur quel quai se trouve le train pour Stantwich?

— Voyez le tableau, madame.

Elle s'adressa à une autre personne.

— Voyez le tableau. Quai 13, ne savez-vous pas lire?

Hélas non! Mais elle n'osait pas le dire. Enfin! Elle trouva le train, et ce devait être le bon, onze personnes le lui avaient confirmé. A l'arrivée, elle n'aurait pas de problème, car le train n'allait pas plus loin.

CHAPITRE V

Elle aurait pu échouer. Elle n'avait aucune formation et aucune expérience. Des gens comme les Coverdale ne ressemblaient à aucune des personnes qu'elle avait connues, et elle n'était ni accommodante, ni souple. Elle n'avait jamais connu d'autre maison que celle de Rainbow Street. Il n'y avait dans sa famille aucune tradition de service, et elle ne connaissait personne qui ait eu une servante, ou même une femme de ménage.

Elle réussit au delà de toute espérance et de tous les rêves de Jacqueline.

Naturellement, Jacqueline ne voulait pas d'une gouvernante. Elle ne voulait pas quelqu'un susceptible d'organiser et de diriger. Elle désirait une bonne à tout faire. Eunice avait l'habitude de l'obéissance et des gros travaux. Elle représentait exactement ce que les Coverdale recherchaient : une femme apparemment sans personnalité, n'ayant aucun désir de se mettre au même niveau qu'eux et qui ne possédait pas cette curiosité poussant une employée tranquille et respectable à épier ses patrons.

Ses appréciations esthétiques n'étaient dirigées que sur les objets ménagers. Pour Eunice, un réfrigérateur était beau alors qu'une fleur n'était qu'une fleur. Elle était incapable, du point de vue esthétique, de voir la différence entre un vase en porcelaine de Sèvres et une poêle à frire Tefal. Les deux étaient « jolis », et elle leur apportait le même soin et la même attention.

Dès le début, elle fit bonne impression. Ayant mangé la dernière tablette de chocolat qu'elle s'était achetée à la gare, elle descendit du train dans le plus grand calme, maintenant qu'il n'y avait plus rien à déchiffrer. Elle savait lire le mot « sortie », ce n'était pas un problème.

Jacqueline ne lui avait pas dit comment reconnaître George, mais ce dernier n'eut aucun mal à repérer Eunice d'après la description que lui en avait fait sa femme. Melinda l'accompagnait, ce qui surpris Eunice qui s'attendait à voir un homme seul.

— Je suis heureuse de vous rencontrer, dit-elle en leur serrant la main, sans sourire, mais en observant la grande voiture blanche.

George la fit asseoir devant :

— Ainsi, vous verrez mieux notre belle campagne, Miss Parchman.

Melinda n'arrêta pas de jacasser, posant de temps à autre une question à Eunice.

— Aimez-vous la campagne, Miss Parchman? N'avez-vous pas trop d'air? J'espère que vous aimez les feuilles de vignes farcies, ma belle-mère en a fait pour dîner.

Médusée, Eunice répondait par un « oui » ou un « non » laconique. Elle ignorait ce qu'étaient des feuilles de vignes farcies, mais elle eut un petit sourire poli.

Cette discrétion plut à George, comme sa façon de s'asseoir, les genoux serrés et les mains croisées. Ni lui, ni Melinda n'éprouvèrent la moindre crainte ou le moindre pressentiment.

— Fais le grand tour par Greeving, Papa, afin que Miss Parchman puisse voir le village.

Ce fut ainsi qu'Eunice vit la maison de sa future complice avant celle de ses victimes. Le bureau de poste de Greeving et l'épicerie du village. —*Prop. N. Smith* — étaient situés dans le même cottage. Cependant, elle ne vit pas Joan Smith qui était sortie faire une tournée d'évangélisation.

Du reste, elle ne l'aurait pas remarquée. Les gens ne

l'intéressaient pas, ni même l'un des plus jolis villages du Suffolk. Pour elle il n'y avait à Greeving que de vieilles maisons aux toits de chaume avec beaucoup d'arbres qui devaient enlever la lumière. Mais elle se demanda comment on pouvait s'y procurer du poisson ou, ce qu'elle achetait souvent, une livre de chocolats?

Lowfield Hall. Pour Eunice, cela aurait pu être Buckingham Palace. Elle ignorait que des gens ordinaires pouvaient habiter des maisons réservées, dans son esprit, à la Reine ou à quelques stars de cinéma.

Ils se trouvèrent réunis tous les cinq dans le hall pour la première fois. Jacqueline — qui s'habillait à la moindre occasion — portait un pantalon vert émeraude et une blouse en soie rouge pour accueillir sa nouvelle servante. Giles lui-même était présent. Il passait par là, plongé dans quelque rêve, lorsque sa mère le persuada de rester pour les présentations.

— Bonsoir, Miss Parchman. Avez-vous fait bon voyage? Voici mon fils, Giles.

Celui-ci salua d'un air distrait et s'éclipsa sans un regard en arrière. Eunice le remarqua à peine. Elle regardait la maison et ce qu'elle contenait. C'était presque trop pour elle. Elle se sentait comme la Reine de Saba quand elle rencontra le Roi Salomon. Mais elle n'en laissa rien voir. Debout sur l'épaisse moquette, au milieu des meubles anciens, des bibelots de valeur, des vases de fleurs, elle regarda d'abord la grande horloge paysanne, puis son propre reflet dans un miroir entouré d'un cadre doré. Elle était positivement stupéfaite.

— Je vais vous montrer votre chambre, dit Jacqueline. Vous n'aurez rien à faire ce soir. Nous allons monter, et quelqu'un vous portera vos bagages plus tard.

Une grande pièce agréable accueillit Eunice. Le sol était recouvert d'une moquette vert olive, les murs tapissés d'un papier jaune à fine rayure blanche. Il y avait deux fauteuils jaune foncé, un canapé recouvert d'une cretonne; le lit avait un dessus assorti. Un long placard pris dans le mur, occupait un panneau. Les fenêtres offraient la plus belle vue de toute la maison.

— J'espère que vous vous plairez ici.

Eunice vit encore une petite bibliothèque vide — et destinée à le rester — un vase avec des lilas blancs sur une petite table, deux lampes avec des abat-jour orange et deux reproductions encadrées des œuvres de Constable. La salle de bains avait des éléments verts, et des serviettes vert-olive étaient posées sur les barres de cuivre.

— Votre dîner sera prêt à la cuisine dans une demi-heure. C'est la porte au bout du couloir sous l'escalier. Je suppose que vous désirez rester un peu seule. Oh! voici mon fils avec vos valises.

George avait expédié Giles avec les bagages. Il les posa par terre et s'en alla. Eunice ne lui prêta pas la moindre attention. Elle fixait avec une sorte d'avidité le seul objet de ces lieux qui l'intéressât vraiment : le poste de télévision. Elle en avait toujours désiré un, mais n'avait jamais pu en acheter ou en louer. Quand la porte se fut refermée sur Jacqueline, elle s'approcha de l'appareil, le regarda, puis comme quelqu'un qui se décide à faire fonctionner un engin prêt à exploser, elle appuya sur le bouton.

Un homme apparut sur l'écran. Il menaçait une femme de son fusil. On entendit un coup de feu, et la femme s'enfuit en criant dans un couloir. Il advint donc que le premier programme qu'Eunice ait jamais vu sur sa propre télévision fût une histoire de violence et d'armes à feu. Ce spectacle et les nombreux qui devaient suivre stimulèrent-ils la violence latente qui était en elle? Ce drame de fiction prit-il racine dans son cerveau inculte pour y mûrir?

Peut-être. Mais si la télévision l'incita à tuer les Coverdale, elle ne joua certainement aucun rôle pour la pousser à étouffer son père. A l'époque de sa mort, les seuls programmes de télévision qu'elle ait vus étaient le mariage de la Reine et son couronnement.

Cependant, la télévision devint pour elle une sorte de drogue. Enfermée dans sa chambre et ayant tiré les rideaux, la première fois elle ne regarda l'écran que pendant dix minutes.

Elle dîna avec appréhension car le repas préparé par Jacqueline ne ressemblait à rien de ce qu'elle avait déjà mangé. Ensuite, Jacqueline lui fit faire le tour de la maison en lui expliquant ce que serait sa tâche.

Dès le début, elle prit plaisir à son travail. Quelques erreurs étaient naturelles. Annie Cole lui avait appris à mettre le couvert et elle s'en tira bien, mais le premier matin, elle fit du thé au lieu de café. Eunice n'avait jamais bu de café de sa vie, sauf, en de rares occasions, du café en poudre. Elle ne posa pas de question. Jacqueline présuma qu'elle savait se servir d'un percolateur. Eunice se garda de la détromper. Heureusement, un filtre était utilisé, et Jacqueline lui en montra le fonctionnement. Eunice regarda. Elle n'avait jamais besoin de voir une démonstration de ce genre plus d'une fois pour être capable de l'exécuter elle-même.

— J'ai compris, Madame, dit-elle.

Jacqueline faisait la cuisine. Elle ou George se chargeaient des commissions. Dans les premiers temps, alors qu'elle se trouvait seule à la maison, Eunice examina toutes les pièces de Lowfield Hall en détails. A ses yeux, la maison était mal tenue, et elle prit un immense plaisir à se livrer à un grand nettoyage. Ah! ces beaux tapis, ces tableaux! ces coussins, ces meubles en bois de rose ou de chêne, cette argenterie et ces porcelaines! Mais ce qu'elle aimait par dessus tout c'était la cuisine avec ses placards en bois clair, son double évier en acier inoxydable, sa machine à laver, son lave-vaisselle. Il ne lui suffisait pas d'essuyer les porcelaines du salon, elle les lavait.

— Inutile de vous donner autant de mal, Miss Parchman!

— J'aime le faire, disait Eunice.

La crainte de la voir casser quelque objet précieux, plus que l'altruisme, avait poussé Jacqueline à protester. Mais Eunice ne cassait jamais rien. Elle ne manquait pas, non plus, de replacer tout exactement au même endroit. Sa mémoire visuelle était étonnante.

En revanche, elle ne manifestait aucun intérêt pour le bureau du petit salon où s'entassaient des lettres, des revues, des journaux. Les livres la laissaient également indifférente ainsi que — à ce moment-là — les deux fusils de la salle d'armes.

Ses patrons étaient enchantés.

— Elle est parfaite, disait Jacqueline.

Alors qu'elle se préparait à porter les chemises de George à la blanchisseuse, Eunice les lui avait prises des mains et les avait lavées et repassées, tout en dégivrant le réfrigérateur.

— Sais-tu ce qu'elle m'a dit, chéri? Elle m'a regardé de cet air humble qu'elle prend parfois et a déclaré : « Donnez-moi ça, j'aime faire un peu de repassage. »

Humble, Eunice Parchman?

— Elle est certainement très efficace, répondit George, je suis content de te voir aussi heureuse et détendue.

— Eh bien, je n'ai plus rien à faire! A part le jour où elle a mis des draps verts à notre lit sans tenir compte du mot que je lui avais laissé, je n'ai absolument rien à lui reprocher. C'est même absurde de parler de reproche après la vieille Eva et cette horrible Ingrid!

— Comment s'entend-elle avec Eva?

— Elle l'ignore. Je souhaiterais avoir sa patience. Sais-tu qu'elle coud? L'autre jour, j'essayais de découdre l'ourlet de ma jupe grise, elle l'a refait dans la perfection.

— Nous avons beaucoup de chance, conclut George.

Ainsi passa le mois de mai. Les fleurs du printemps se fanèrent, et les arbres se couvrirent de feuilles. Les faisans sortaient dans les champs pour manger le blé en herbe et le rossignol chantait dans le verger. Les lièvres folâtraient derrière les haies, et la lune se levait lentement derrière les collines, mais pas pour Eunice. Bien avant le coucher du soleil, elle tirait ses rideaux, allumait une lampe et poussait le bouton de la télévision. Elle disposait de ses soirées. Elle tricotait, mais quand venait l'heure du feuilleton et que l'épisode commençait, le tricot lui tombait des mains, et elle se penchait, subjuguée par une excitation puérile.

Eunice était heureuse. Elle revivait en regardant évoluer ses héros favoris. Si elle avait été capable d'analyser ses pensées, elle aurait déclaré que cette vie par personne interposée était la meilleure qu'elle ait jamais connue. Mais, si elle avait été capable de ce raisonnement, il est peu probable qu'elle se fût contentée de cette façon de passer le temps. Cette intoxication progressive par la télévision soulève une question : Est-ce qu'une assistante sociale aurait pu rendre service à la société — et sauver la vie des Coverdale — si la passion, apparemment peu dangereuse, d'Eunice avait été découverte? Mais aucune assistante sociale ne s'occupa d'elle avant qu'il ne fût trop tard. Aucun psychiatre ne l'avait examinée. Tout au plus, peut-être aurait-il découvert l'origine de sa névrose s'il avait su qu'elle était illettrée. Et Eunice était habile à cacher cette tare. Son père, qui lisait parfaitement bien et qui, dans sa jeunesse, avait lu la bible du début à la fin, avait été son principal allié pour dissimuler sa déficience au lieu de l'encourager à s'instruire.

Lorsqu'un voisin entrait avec un journal et le tendait à Eunice, il le prenait en disant :

— Je vais le lire, inutile de fatiguer ses yeux.

Dans son petit cercle étroit de relations, on s'accorda à penser qu'Eunice avait une mauvaise vue.

Lorsqu'elle était enfant, elle n'avait jamais eu envie de lire. En grandissant, elle aurait voulu apprendre, mais qui aurait pu lui donner des leçons? Il aurait fallu avouer sa lacune. Elle avait pris l'habitude de fuir les autres, tous ceux qui auraient pu deviner son secret. Peu à peu, cette fuite et l'isolement qui en résultait devinrent automatiques.

Les objets ne pouvaient lui faire de mal. Les meubles, les bibelots, la télévision, elle les adoptait. Ils suscitaient en elle ce qui ressemblait le plus à une émotion, alors que pour les Coverdale, elle n'avait qu'un haussement d'épaules. Non qu'ils lui fussent antipathiques. Elle se conduisait avec eux comme elle s'était toujours conduite avec les étrangers.

George fut le premier à le remarquer. De tous les Coverdale, il était le plus sensible et fut par conséquent le plus apte à noter un défaut dans toute cette perfection.

CHAPITRE VI

Le dimanche, ils assistèrent à la messe. Le Révérend Archer choisit de commenter un passage des Ecritures : « Bien travaillé, fidèle servante, tu as été loyale sur un certain nombre de choses, veille maintenant à l'être sur un plus grand nombre. »

Jacqueline sourit en touchant le bras de son mari. Il lui rendit son sourire.

— Paula est entrée à l'hôpital, dit Jacqueline le lundi soir quand George revint à la maison, c'est vraiment extraordinaire, aujourd'hui on peut fixer à l'avance la date de naissance d'un bébé. On vous hospitalise, on vous fait une piqûre, et le tour est joué!

— Des enfants sur commande, en somme. Brian a-t-il téléphoné?

— Pas depuis deux heures.

Ils devaient dîner, comme ils le faisaient souvent lorsqu'ils étaient seuls, dans le petit salon. Eunice vint mettre la table pendant que George composait un numéro de téléphone et n'obtenait pas de réponse. A peine eut-il raccroché, que le téléphone sonna. Après avoir répondu par monosyllabes au mari de Paula et l'avoir prié de rappeler, il s'approcha de Jacqueline et lui prit la main :

— Il y a des complications. Ce n'est pas encore décidé, mais elle est épuisée, on va probablement devoir pratiquer une césarienne.

— Oh! chéri, je suis désolée, quel ennui! — Elle ne lui dit pas de ne pas s'inquiéter et il lui en fut reconnaissant. — Pourquoi ne téléphones-tu pas au Dr Crutchley, il te donnera son avis.

— Tu as raison.

Eunice sortit de la pièce. George apprécia son silence plein de tact. Il appela le médecin qui lui déclara ne pouvoir se prononcer sur un cas d'espèce, mais rassura George en lui assurant que d'une façon générale, les femmes ne mouraient plus en couches.

Ils dînèrent. Ou plutôt, Giles mangea son repas, Jacqueline chipota dans son assiette, et George ne toucha à rien. Giles fit une concession au sérieux de la situation; devant l'anxiété de ses parents, il cessa de lire et regarda fixement devant lui, en fumant une *Philip Morris*.

Le suspense ne dura pas longtemps. Brian téléphona deux fois et une demi-heure plus tard, il annonçait qu'un gros garçon de sept livres était né après une césarienne. Paula se portait bien.

Eunice débarrassait la table. Elle devait avoir tout entendu. Le « Dieu merci! » de George, « C'est merveilleux, chéri, je suis heureuse pour toi » de Jacqueline et le « Bravo! » de Giles avant de monter dans sa chambre. Elle avait dû remarquer le soulagement et la satisfaction générale. Sans manifester la moindre réaction, elle quitta la pièce et referma la porte.

Jacqueline posa son bras autour du cou de son mari. Il ne pensa pas à Eunice à ce moment-là. Ce fut en allant se coucher, quand il entendit le faible ronronnement de la télévision qu'il songea à son étrange comportement. Pas une fois, elle n'avait exprimé le moindre intérêt pendant les minutes d'anxiété, ni de satisfaction quand le danger avait été écarté. En vérité, il ne s'était pas attendu à ce qu'elle lui déclarât « Je suis heureuse que votre fille aille bien, monsieur », mais maintenant, cette indifférence le troublait.

Pour rien au monde, il n'aurait parlé de cela à Jacqueline qui était si satisfaite de son employée. De plus, il n'aurait pas aimé une servante bavarde, s'immisçant dans les affaires de la famille. Il repoussa cette idée de son esprit.

Il n'y pensa plus jusqu'au baptême du nouveau-né qui eut lieu deux mois plus tard.

Patrick avait été baptisé à Greeving. Le Révérend Archer était un ami des Coverdale, et un baptême à la campagne est plus agréable qu'à la ville. Paula, Brian et leurs deux enfants arrivèrent un samedi à la fin du mois de juin et restèrent jusqu'au dimanche soir. Le samedi après-midi, il y eut de nombreux invités. Les parents de Brian et sa sœur étaient là ainsi que les Royston, les Jameson-Kerr, une tante de Jacqueline, de Bury, et quelques cousins de George, de New-Market.

Le repas, préparé par Eunice sous la direction de Jacqueline, fut parfait. La maison n'avait jamais été si charmante, les flûtes à champagne si brillantes. Jacqueline ne savait pas qu'elle possédait autant de serviettes de table blanches et ne les avait jamais vues toutes ensemble si impeccablement repassées. Il n'y avait pas si longtemps, en de telles occasions, il lui était arrivé d'utiliser des serviettes en papier.

Avant d'aller à l'église, Melinda vint au salon montrer le bébé à Eunice. Il avait été appelé Giles. Consterné par cette initiative, Giles Mont avait été contraint d'accepter d'être le parrain. Melinda tenait l'enfant dans sa longue robe brodée, qu'elle-même, son frère, sa sœur, et même George, avaient portée. C'était un beau bébé, blond et rose. Sur la table, près du gâteau, se trouvait le livre de baptême des Coverdale, où étaient consignés les noms de tous ceux qui avaient porté cette robe et l'endroit où le baptême avait eu lieu. Le livre était ouvert pour le nouvel enfant.

— N'est-il pas chou, Miss Parchman?

Eunice se tenait droite et raide. George ressentit un grand froid, comme si le soleil s'était brusquement caché. Elle ne sourit pas et ne se pencha pas sur le bébé. Elle se contenta de le regarder. Et ce n'était pas le regard enthousiaste qu'il lui avait vu porter sur l'argenterie ou la porcelaine. L'ayant bien considéré, elle déclara :

— Je dois m'en aller. J'ai des choses à faire.

Durant toute la journée, alors qu'elle circulait avec des plateaux, elle ne prononça pas un mot sur le bébé, le beau temps qu'il faisait ou la joie des jeunes parents. Elle est froide, pensa George, ou bien elle est atteinte d'une timidité maladive.

Eunice n'était pas timide. Simplement, le bébé ne l'intéressait pas. L'habitude de fuir tout nouveau visage était devenue inconsciente chez elle. Tous les sentiments d'affection ou de simple chaleur humaine lui étaient inconnus. Elle ne se rendait pas compte que cette attitude avait pour origine la peur des livres et de tout ce qui était écrit. Le général Gordon, pour essayer de remonter le moral des habitants assiégés de Kartoum leur raconta que lorsque Dieu distribua la peur sur tous les gens de la terre, il en était venu à lui, général Gordon, en dernier. Mais à ce moment-là, Dieu n'avait plus de peur à répandre. Cette élégante parabole aurait pu être paraphrasée pour Eunice : Quand Dieu en arriva à elle, il n'avait plus d'imagination à distribuer.

Les Coverdale aimaient s'occuper des affaires d'autrui. Ils intervenaient avec les meilleures intentions du monde. Ils craignaient d'être égoïstes aussi ne comprenaient-ils pas ce que Giles savait d'instinct : l'égoïsme ne consiste pas à vivre comme on souhaite vivre, mais à demander aux autres de vivre de cette façon-là.

— Je m'inquiète pour cette vieille figure de Parchemin, dit Melinda. Ne crois-tu pas qu'elle a une vie terrible?

— Je l'ignore, dit Giles, je n'y ai jamais pensé.

Melinda venait rendre une de ses rares visites dans la chambre de Giles. Elle s'était assise sur son lit, ce qui enchantait le jeune garçon et le remplissait en même temps de panique.

— Oh! tu ne remarques jamais rien! Mais je peux t'assurer qu'elle n'est pas heureuse. Elle n'est pas sortie une seule fois depuis qu'elle est ici. Tout ce qu'elle fait est de regarder la télévision. Ecoute, elle fonctionne en ce moment!

Elle fit une pause en levant les yeux vers le plafond.

— Elle doit être très seule, reprit-elle, ses amis doivent lui manquer. — Saisissant Giles par le bras, elle le secoua : — Hé! Ne t'en soucies-tu pas?

Il rougit violemment.

— Laisse-la tranquille. Elle va très bien.

— Mais non! Je le vois bien.

— Il y a des gens qui aiment être seuls.

Il regarda autour de lui, ses vêtements orange, la pile de livres et de dictionnaires, des essais inachevés sur la vie de Magnus Wyther, son paquet de *Philip Morris*. Il aimait ce désordre. Il se sentait mieux ici que n'importe où ailleurs, sauf peut-être à la Bibliothèque Nationale de Londres où un cousin universitaire l'avait emmené un jour. Mais on ne louait pas de chambre à la Bibliothèque Nationale.

— J'aime être seul, dit-il.

— Si c'est une invitation pour que je me retire...

— Non, non, pas du tout, dit-il vivement. Prenant son courage à deux mains, il ajouta d'une voix rauque : — Melinda...

— Quoi? Où as-tu déniché cet horrible poster? Cette fille est-elle supposée avoir un visage vert?

Giles soupira. L'instant était passé.

— Lis ma citation du mois.

Ecrite à l'encre verte, elle était épinglée contre le mur.

« *Pourquoi les générations se chevauchent-elles? Pourquoi ne pourrions-nous être enterrés comme des œufs dans des petits casiers bien propres avec dix ou vingt mille billets de la Banque d'Angleterre et ne nous éveillerions-nous pas, comme la nymphe de la guêpe, pour nous apercevoir que Papa et Maman n'ont pas seulement amplement pourvu à nos besoins, mais qu'ils ont aussi été dévorés par des moineaux quelques semaines plus tôt?* »

— C'est bon, n'est-ce pas? C'est de Samuel Butler.

— Il ne faut pas laisser ça sur le mur, vieux frère, Si papa ou Jackie le découvraient, ils en seraient retournés. Au fait, je croyais que tu travaillais tes classiques.

— Je ne vais peut-être pas poursuivre mes études, dit Giles. J'irai peut-être aux Indes. Je ne suppose pas que tu viendrais avec moi...

Melinda fit une frimace.

— Je parie que tu ne partiras pas. Tu essaies seulement de détourner la conversation pour ne pas te compromettre. J'allais te demander de venir trouver papa avec moi pour qu'il fasse quelque chose pour Miss Parchman, mais naturellement, tu vas refuser.

Giles se passa les mains dans les cheveux. Il aurait aimé lui faire plaisir. Elle était la seule personne au monde dont il se souciât, mais il y avait des limites. Même pour elle, il ne pouvait renoncer à ses principes.

— Non, dit-il d'un air sombre, je ne ferai pas cela.

— Tu es fou! déclara Melinda en se levant.

Son père et Jacqueline étaient au jardin regardant le crépuscule.

— Mes chéris, j'ai pensé que nous devrions faire quelque chose pour cette vieille figure de Parchemin, dit Melinda, il faut la sortir, l'obliger à s'intéresser à quelque chose.

Sa belle-mère eut un petit sourire :

— Personne n'est aussi extravertie que toi, Melinda.

— Et cesse de lui donner ce surnom ridicule, tu n'as

plus l'âge de faire des plaisanteries d'écolière, dit son père.

— Vous esquivez tous les deux la réponse!

— Mais non, Jackie et moi en discutions justement. Nous sommes très conscients que Miss Parchman n'est pas sortie depuis son arrivée, mais elle ne sait peut-être pas où aller, et il est difficile de circuler à la campagne sans voiture.

— Alors, prête-lui en une, tu en as deux!

— C'est ce que nous allons faire. Je la crois trop timide pour le demander.

— Et opprimée par la classe dirigeante! dit Melinda.

Ce fut Jacqueline qui fit la proposition.

— Je ne sais pas conduire, dit Eunice.

Elle n'avait aucun scrupule à avouer cela. Dans le petit univers qui avait été le sien, presque personne ne savait conduire, et dans Rainbow Street, on ne considérait pas d'un bon œil une femme qui conduisait.

— Quel dommage! J'allais vous proposer d'utiliser ma voiture. Je ne sais vraiment pas comment vous allez pouvoir circuler sans un véhicule.

— Je pourrais prendre le car.

— Ce n'est malheureusement guère possible. L'arrêt du car est à trois kilomètres d'ici, et il n'y a que trois cars par jour.

Eunice eut l'impression qu'un nuage venait obscurcir son ciel serein. C'était la première fois que les Coverdale manifestaient le désir de changer quelque chose. Elle attendit avec inquiétude le deuxième signe et n'eut pas à attendre longtemps.

Chef de famille, George était celui qui avait le plus tendance à intervenir dans la vie des autres. A son usine, les ouvriers étaient convoqués dans son bureau où il leur était prodigué des conseils sur le mariage, le placement de leur argent et l'éducation de leurs enfants. Mrs. Meadows, Higgs et Carter avaient l'habitude de le voir entrer dans leur cottage pour leur conseiller de planter des légumes dans leur jardin. Mr. Coverdale était un brave homme, pensait-on, mais il était inutile de tenir compte de ce qu'il disait. C'était différent du temps où il y avait un véritable châtelain. Ce temps-là était révolu, Dieu Merci. Mais cela n'empêchait pas George de s'occuper des affaires des autres.

Il alla trouver le lion dans son antre. Le fauve paraissait bien apprivoisé et était occupé, d'une façon très féminine, à repasser l'une de ses chemises.

— Oui, monsieur?

— Je vois que j'interromps une tâche particulièrement délicate. Vous réussissez fort bien dans ce travail, Miss Parchman?

— J'aime bien repasser, dit Eunice.

— Je suis heureux de l'apprendre, mais je suppose que vous n'aimez pas être confinée à Lowfield Hall. C'est de cela que je suis venue vous entretenir. Ma femme m'a dit que vous n'aviez jamais trouvé le temps, dans votre vie bien remplie, pour apprendre à conduire. Est-ce exact?

— Oui, monsieur.

— Eh bien, nous allons remédier à cette lacune. Voulez-vous prendre des leçons de conduite? Je me ferai un plaisir de vous les offrir. Nous sommes très satisfaits de vos services et aimerions vous témoigner notre contentement.

— Je ne pourrais apprendre à conduire, répondit Eunice qui avança aussitôt son excuse favorite : j'ai trop mauvaise vue.

— Pourquoi ne portez-vous pas de lunettes?

Eunice expliqua que ses dernières lunettes n'étaient plus à sa vue. George protesta qu'il fallait faire examiner ses yeux sans tarder et qu'il l'emmènerait lui-même à Stantwich.

— J'ai honte de moi-même, confia-t-il à Jacqueline, cette pauvre femme est myope comme une taupe, et je ne cache pas, maintenant que j'en connais la raison, que je trouvais sa réserve exagérée.

— Oh! ne la critique pas, chéri, elle a tellement transformé notre vie! La classe ouvrière fait souvent des complexes ridicules à ce sujet, dit Jacqueline qui se serait plutôt cognée dans un mur que de porter des lunettes.

Tous deux étaient fort satisfaits de la découverte de George. Il ne leur vint pas à l'esprit qu'une femme à la vue aussi déficiente n'aurait pas astiqué aussi bien les vitres de la maison et n'aurait pu passer trois heures devant sa télévision tous les soirs.

CHAPITRE VII

A quarante-sept ans, Eunice avait une meilleure vue que Giles Mont à dix-sept. Assise à côté de George dans la voiture, elle se demandait ce qu'elle ferait s'il insistait pour l'accompagner. Elle n'arrivait pas à trouver une excuse, et son inexpérience ne lui permettait pas de deviner que les directeurs d'usine n'accompagnent pas leur servante chez l'opticien. Une sorte de ressentiment commença à sourdre en elle. La dernière fois qu'un homme avait tenté de lui rendre la vie difficile, il avait péri, étouffé sous un oreiller.

Elle se trouva soudain stimulée par la vue des boutiques, ces merveilleux et fabuleux magasins qui avaient disparu de son existence. Elle se sentit encore plus soulagée lorsque George ne manifesta aucune intention de l'accompagner. Il la déposa avec la promesse de revenir la chercher dans une demi-heure et en lui recommandant de lui faire envoyer la facture.

Dès que la voiture se fut éloignée, Eunice tourna le coin de la rue où elle avait aperçu une confiserie. Elle acheta une tablette de chocolat et un paquet de caramels, puis elle se rendit dans un salon de thé où elle se fit servir du thé avec un pain aux raisins et un gâteau au chocolat, ce qui lui apportait un agréable changement avec les canards à l'orange, les feuilles de vigne, les avocats et autres plats sophistiqués que l'on servait à Lowfield Hall. En ce samedi matin, assise bien droite sur sa chaise, avec son costume tailleur bleu marine, ses bas en nylon et les chaussures décolletées de la mère d'Annie Cole, Eunice était l'image même de la respectabilité. Personne n'aurait pu supposer qu'elle ruminait une supercherie.

Il lui fallut du temps, mais finalement elle élabora un plan. Après s'être bien restaurée, elle traversa la rue et alla acheter deux paires de lunettes de soleil légèrement teintées, l'une avec une monture claire, l'autre en imitation écaille. Elle les rangea dans son sac en décidant de ne pas les sortir avant une semaine.

Les Coverdale furent surpris d'apprendre que les lunettes seraient prêtes aussi rapidement. Jacqueline conduisit Eunice à Stantwich la semaine suivante et ne l'accompagna pas davantage chez l'opticien en raison des difficultés de stationnement.

Eunice retourna s'acheter du chocolat et manger quelques gâteaux.

Elle montra les lunettes à Jacqueline et alla jusqu'à mettre sur son nez la paire avec la monture claire. Elle eut l'impression d'être folle. Devait-elle les porter tout le temps, elle qui aurait distingué les plumes d'un moineau à cent mètres de distance? Et penserait-on qu'elle pouvait lire?

Personne ne vit vraiment dans le présent, mais Eunice y parvenait mieux que n'importe qui. Un retard de cinq minutes au dîner était maintenant plus important pour elle qu'un chagrin éprouvé dix ans plus tôt; quant à l'avenir, elle n'y avait jamais accordé beaucoup de pensées. Mais avec les lunettes en sa possession — éventuellement sur son nez — elle s'avisa du monde imprimé qui l'entourait et auquel, tôt ou tard, elle serait appelée à réagir.

Lowfield Hall était rempli de livres. Il semblait à Eunice qu'il y en avait autant qu'à la bibliothèque municipale de Tooting où elle s'était rendue un jour pour rapporter un roman de Mrs. Samson. Un mur entier du petit salon était recouvert d'étagères chargées de volumes. Au salon, deux grandes bibliothèques vitrées étaient placées de part et d'autre de la cheminée et d'autres étagères garnissaient une alcôve. Il y avait des livres sur les tables de chevet; des magazines et des journaux étaient posés dans les porte-revues. Les Coverdale lisaient tout le temps. Il semblait parfois à Eunice qu'ils lisaient par provocation, car personne, pas même un maître d'école, ne pouvait lire autant par plaisir. Giles avait constamment un livre à la main. Il apportait même un journal à la cuisine et s'asseyait, les deux coudes posés sur la table. Jacqueline lisait tous les nouveaux romans à la mode et, avec George, relisait souvent des romans victoriens. Ils discutaient ensemble des œuvres de Dickens, Thackeray ou George Elliot. Assez bizarrement, c'était l'étudiante en littérature anglaise qui lisait le moins, mais même Melinda s'allongeait souvent sur le tapis ou dans le jardin avec une grammaire.

Eunice avait été heureuse, et voilà que ces maudites lunettes venaient tout gâcher. Elle avait été satisfaite de vivre dans cette jolie maison. Les Coverdale existaient alors à peine pour elle. Maintenant, elle attendait avec impatience le moment où ils partiraient pour ces vacances d'été dont ils parlaient sans cesse. Mais avant leur départ, qui ne devait pas avoir lieu avant le début du mois d'août, trois faits déplaisants se produisirent.

Le premier était peu significatif en lui-même. Ce furent ses conséquences qui inquiétèrent Eunice. Elle fit tomber un des œufs de Geoff Baalham sur le sol de la cuisine. Jacqueline, qui se trouvait là, eut à peine le temps de proférer un petit cri qu'Eunice avait déjà tout nettoyé. Mais le lendemain, en allant faire la chambre de Giles, son attention fut attirée par les posters épinglés contre le mur. Sur l'un d'eux, il y avait un message. Il commençait par le mot « qui ». Eunice le lisait sans difficulté lorsqu'il était imprimé. Un peu plus loin, elle déchiffra le mot « œuf ».

De toute évidence, ce message lui était destiné. Giles lui reprochait d'avoir cassé un œuf. Elle se souciait peu de ses reproches, mais pourquoi s'adresser à elle de cette façon? Qu'était-elle supposée répondre? Pendant une semaine, elle fut sur des charbons ardents. Elle n'osait plus entrer dans la chambre de Giles que pour faire le lit et ouvrir la fenêtre. Finalement, le message fut retiré et remplacé par un autre, tout aussi incompréhensible.

Le troisième incident l'effraya plus encore. Pendant qu'Eunice était en haut de la maison, occupée à faire son propre lit, Jacqueline partit pour Londres voir Paula et se faire couper les cheveux. Elle laissa un mot sur la table de la cuisine.

Ce n'était pas la première fois, et Jacqueline s'était demandé pourquoi Miss Parchman, toujours si obéissante, ne tenait aucun compte des instructions laissées par écrit. Cela s'était expliqué par sa mauvaise vue. Mais maintenant, Eunice avait des lunettes. Non qu'elle les portât. Elles étaient en haut, enfouies dans son sac.

Eunice tourna et retourna le papier entre ses mains, déchiffrant tant bien que mal quelques lettres majuscules et quelques mots monosyllabiques, mais lier ces mots entre eux et en faire un message explicite était hors de ses possibilités. A Londres, elle aurait eu Annie Cole pour l'aider. Ici, il n'y avait que Giles. Il ne lui accordait jamais un regard. Tout valait mieux que de s'adresser à lui.

Ce n'était pas un des jours où venait Eva Baalham. Eunice n'avait pas l'esprit inventif. Il lui avait déjà fallu puiser dans toutes ses ressources pour persuader George que l'opticien n'avait pas envoyé sa facture parce qu'elle l'avait réglée, préférant garder son indépendance.

Alors, Melinda entra dans la cuisine.

Eunice avait oublié qu'elle était à la maison, pieds nus,

Vêtue de ses jeans trop serrés et d'un Tee-shirt étroit, ses cheveux blonds coiffés avec des couettes. Le soleil brillait, et Melinda se préparait à partir pour le bord de la mer avec deux garçons et une autre fille dans une fourgonnette peinte en vert. Elle ramassa le papier et le lut à haute voix :

Voulez-vous être assez aimable pour repasser ma robe en soie jaune celle qui a une jupe plissée. Je veux la mettre ce soir. Vous la trouverez dans ma garde-robe à droite. Merci beaucoup.

— Ce doit être pour vous, Miss Parchman, croyez-vous que vous pourrez aussi donner un coup de fer à ma robe rouge?

— Oh oui! bien sûr, dit Eunice avec un large sourire.

— Vous êtes un chou, déclara Melinda.

Août amena une vague de chaleur, et Mr Meadows, le fermier dont le terrain jouxtait celui de George, se mit à faucher son blé. Melinda ramassa les fruits avec les jeunes du village. Giles afficha une nouvelle citation mensuelle sur le mur de sa chambre, prise à nouveau dans Samuel Butler. Jacqueline désherba le jardin et le jour du départ arriva enfin, le sept août.

— Je vous enverrai une carte postale, dit Melinda, se souvenant que c'était son devoir de remonter le moral de cette vieille figure de Parchemin.

— Vous trouverez nos adresses successives et les numéros de téléphone dans le carnet, près du téléphone, dit Jacqueline.

— Vous pourrez toujours nous envoyer un télégramme en cas d'urgence, ajouta George.

Recommandations parfaitement inutiles, mais ils l'ignoraient.

Eunice les regarda partir sur le seuil de la porte. A cette heure matinale, soufflait une brise légère. Eunice ne s'attarda pas à admirer les gros dahlias pourpres sur lesquels scintillaient des gouttes de rosée. Elle n'écouta pas le dernier appel du coucou. Elle entra rapidement à l'intérieur pour prendre possession de la maison.

Elle n'avait nullement l'intention de négliger le ménage et elle continua la routine du vendredi avec quelques tâches supplémentaires. Elle fit les lits, jeta les fleurs — à moitié fanées du reste — et dissimula, autant qu'elle le put, tous les livres et journaux qui traînaient. Elle aurait aimé pouvoir recouvrir les bibliothèques avec des draps, mais seule une folle serait allée aussi loin, et Eunice n'était pas folle.

Puis elle prépara son dîner. Les Coverdale auraient appelé cela le « lunch », car elle se mit à table à onze heures. Ils ne se doutaient pas à quel point un solide repas au milieu de la journée avait manqué à leur servante.

Eunice fit frire — et non griller — un épais bifteck tiré du réfrigérateur, qu'elle mangea avec des pommes de terre frites tandis que finissait de cuire un ragoût composé de haricots rouges, de carottes et de navets. Son repas fut suivi d'un gâteau aux pommes et d'une crème caramel et arrosé de thé noir très fort. Elle rinça ses assiettes et les essuya, heureuse de ne pas utiliser le lave-vaisselle. Cette eau sale qui tournait pendant des heures autour des assiettes ne lui avait jamais inspiré rien qui vaille.

Mrs. Sampson avait l'habitude de dire que le travail d'une femme n'est jamais terminé. Mais la plus méticuleuse des ménagères n'aurait pu trouver une autre tâche ce jour-là à Lowfield Hall. Demain, elle songerait à nettoyer les rideaux du petit salon, mais pas aujourd'hui, car maintenant, elle se préparait à faire une orgie de télévision.

Le 7 août devait rester dans les annales comme le jour le plus chaud de l'année. A Greeving, les ménagères qui faisaient leurs confitures abandonnèrent leur cuisine pour chercher un peu de fraîcheur dans la cour.

Le barrage de la Beal devint une piscine pour tous les petits Higgs et Baalham. Devant leur niche, les chiens des fermes tiraient la langue. Oubliant toute pudeur, Mrs. Cairne était étendue en bikini sur sa pelouse. Joan Smith tenait la porte de sa boutique ouverte avec une boîte de biscuits pour chien et s'éventait avec un tue-mouches.

Mais Eunice monta dans sa chambre, tira les rideaux et s'installa avec une profonde satisfaction devant l'écran de télévision. Pour que tout fût parfait, il ne lui manquait qu'une tablette de chocolat. Hélas il y avait longtemps qu'elle avait terminé toutes celles qu'elle avait achetées à Stantwich.

D'abord, il y eut du sport. Des nageurs dans des piscines et des coureurs sur un stade. Puis un feuilleton avec des personnages ressemblant beaucoup aux gens qu'Eunice avait connus dans Rainbow Street. Ensuite, il y eut un programme pour enfant, les informations et les prévisions météorologiques. Eunice ne se souciait guère des informations, et tout le monde pouvait voir et sentir ce que serait le temps.

Elle descendit se préparer des sandwiches au jambon et mangea une crème glacée au chocolat. A huit heures, son programme favori du vendredi allait commencer. C'était un feuilleton sur des policiers de Los Angeles. Il était difficile de dire pourquoi Eunice l'aimait autant. Très certainement, elle s'inscrivait en faux contre les allégations des psychologues prétendant que l'auditeur s'identifie aux personnages. Eunice ne pouvait s'identifier au jeune policier, ni à sa petite amie blonde, et pas davantage aux gangsters. Peut-être aimait-elle les répliques sèches, les inévitables poursuites en voiture et les indispensables fusillades. Elle avait été terriblement déçue de manquer un épisode comme cela lui était arrivé à plusieurs reprises, les Coverdale paraissant choisir délibérément le vendredi soir pour recevoir.

Il n'y avait plus personne pour la déranger. Elle posa

son tricot pour mieux se concentrer. Ce serait une bonne histoire ce soir, elle le comprit dès la première séquence : un cadavre dans les deux premières minutes et une poursuite en voiture dans les cinq suivantes. La voiture du gangster s'écrasa contre un réverbère. La portière s'ouvrit, le tueur en jaillit et traversa la rue, revolver au poing; esquivant les balles de la police, il alla se réfugier sous un porche et se jeta sur une jeune fille effrayée qu'il fit avancer devant lui pour se protéger en se préparant lui-même à tirer.

... Soudain le son diminua et l'image commença à s'affaiblir, à sauter et se résuma en un poing lumineux au centre de l'écran.

Eunice éteignit le poste et le ralluma. Rien ne se produisit. Elle tourna les boutons devant et même ceux placés derrière le poste que l'on vous recommande de ne jamais toucher. Elle alla même vérifier les plombs. Peine perdue, l'écran resta éteint, ou plutôt, il semblait être devenu une sorte de miroir réflétant son propre visage déçu et le soleil couchant qui dardait ses derniers rayons entre les rideaux tirés.

CHAPITRE VIII

Il ne lui vint pas à l'idée de se servir du poste en couleurs du petit salon. Elle savait qu'il était utilisable, mais il était à *eux*. Un trait curieux du caractère d'Eunice était que, bien que le meurtre et le chantage ne l'aient pas arrêtée, elle n'avait jamais une seule fois dans sa vie pris ou même emprunté quelque chose sans l'autorisation du possesseur.

Pendant quelque temps, elle espéra que l'appareil se réparerait tout seul et se remettrait à marcher aussi spontanément qu'il s'était arrêté. Mais chaque fois qu'elle essayait de l'allumer, le poste restait muet. Naturellement, elle savait que l'on pouvait faire appel à un spécialiste pour le réparer. A Tooting, il suffisait d'aller trouver l'électricien du coin. Mais ici? Avec seulement un téléphone et une liste indéchiffrable?

Samedi, dimanche, lundi s'écoulèrent. Le laitier passa, et Geoff Baalham apporta des œufs. Impossible de leur poser la question pour s'entendre répondre qu'elle devait appeler tel ou tel numéro de téléphone. Eunice se sentit cruellement frustrée. Il n'y avait pas de voisines avec qui passer quelques heures, pas de rues animées où se promener, pas d'autobus et pas de salons de thé.

Elle décrocha les rideaux, les lava et les repassa. Elle lessiva les peintures du salon, nettoya les tapis. Tout lui était bon pour faire passer le temps.

Ce fut Eva Baalham, en arrivant le mercredi matin, qui découvrit ce qui n'allait pas en demandant simplement à Eunice si elle avait regardé le programme de la veille.

— Comment ça « en dérangement »? dit Eva. Il faut faire réparer ce poste. Mon cousin Meadows a un magasin d'appareils électriques à Gosbury, il vous l'arrangera. Savez-vous ce que nous allons faire? Je vais laisser l'argenterie pour vendredi prochain et nous allons lui téléphoner.

Un long dialogue s'ensuivit avec quelqu'un appelé Rodge. Après s'être enquise de la santé de Doris, de 'Man, des enfants et d'un jeune ménage qui revenait, apparemment de voyage de noces, Eva obtint finalement une promesse de dépannage.

— Il passera après la fermeture de son magasin.

— J'espère qu'il n'aura pas besoin d'emporter l'appareil, dit Eunice.

— On ne sait jamais avec ces vieux postes. En attendant, il faudra vous contenter des journaux.

Rodge Meadows vint et dut emporter le poste.

— Je le garderai deux ou trois jours, peut-être une semaine. Téléphonez-moi si vous n'avez pas de mes nouvelles par Tante Eva.

Deux jours plus tard, dans la solitude et le silence de Lowfield Hall, Eunice fut prise d'une impulsion. Sans savoir où elle irait, elle changea sa robe de coton imprimée bleu et blanc pour son costume tailleur et décida de faire sa première tentative seule dans le monde extérieur. Elle ferma portes et fenêtres et partit sur la route.

C'était le 14 août. Si le poste de télévision n'était pas tombé en panne, elle ne serait jamais sortie. Tôt ou tard, elle aurait été prise par une de ses impulsions après le retour des Coverdale, mais elle serait alors sortie le soir ou le dimanche après-midi, à un moment où le bureau de poste et l'épicerie du village auraient été fermés. Si, si, si... si elle avait su lire, la télévision aurait peut-être eu autant de charmes à ses yeux, mais elle aurait cherché le nom du réparateur sur l'annuaire le samedi matin et le mardi ou le mercredi suivant, le poste aurait été rapporté. En fait, Rodge le ramena le samedi 15, mais il était trop tard, le mal avait été fait.

Elle ne savait pas où elle allait. Elle prit seulement la première route à droite. Deux miles et trois quarts d'heures après, elle était à Cockefield St Jude. C'était à peine un hameau, avec une église imposante, mais aucun magasin. Eunice arriva à un carrefour. Les pancartes de signalisation ne lui étaient d'aucun secours, mais comme certains animaux, elle possédait le sens de l'orientation. Elle s'engagea dans un sentier qui la conduisit à Greeving par un raccourci. Elle traversa un pont et se trouva au cœur même du village. Elle passa devant les cottages habités par divers Higgs, Newstead et Carter, regarda à peine le charmant manoir de Mrs. Cairne et la station service tenue par Jim Meadows, et vit enfin se dresser devant elle l'épicerie du village.

L'épicerie occupait une partie du rez-de-chaussée d'un très vieux cottage avec une façade à pignon et un toit en chaume qui aurait eu grand besoin d'être refait. L'autre partie abritait le bureau de poste, également tenu par les Smith.

L'épicerie de Greeving est maintenant dirigée de façon fort compétente par Mr. et Mrs. Mann, mais à cet époque, ses deux vitrines exposaient des paquets poussiéreux de céréales et de fruits au sirop et quelques paniers de tomates trop mûres et de choux pas frais.

Eunice s'approcha et regarda à l'intérieur de la boutique. Elle était vide, ce qui était fréquent car les Smith affichaient des prix élevés et offraient peu de choix. Les habitants de Greeving possédant une voiture préféraient se ravitailler aux super-marchés de Stantwich ou de Nunchester et n'utilisaient l'épicerie que pour des produits de dépannage et le service du bureau de poste.

Eunice entra. A gauche, la boutique était arrangée comme un self-service avec des paniers à la disposition des clients. A droite se trouvait un comptoir avec une grille. A l'origine, une sonnette retentissait chaque fois que la porte s'ouvrait, mais elle s'était détraquée, et les Simth ne l'avaient pas fait réparer. En conséquence personne n'entendit Eunice entrer.

Elle examina les étagères avec intérêt, remarquant la présence de produits ou de denrées qu'elle connaissait. Il y avait plus d'un mois qu'elle n'avait pas mangé de bonbons. Pour le moment, son plus grand désir au monde était une boîte de chocolats. Elle attendit en vain quelques minutes. Puis elle toussa. Cela eut pour résultat de faire apparaître une femme un peu plus âgée qu'elle.

A cette époque, Joan Smith avait cinquante ans. Très maigre, avec un visage osseux et une vilaine peau, elle avait des cheveux de la même couleur que ceux de Jacqueline Coverdale, chacune d'elles s'efforçant d'obtenir par des moyens artificiels la nuance que Melinda avait naturellement. Jacqueline y parvenait avec plus de succès parce qu'elle avait davantage d'argent à dépenser.

La chevelure de Joan Smith avait l'aspect métallique des boîtes de conserve. Son visage était fardé au petit bonheur, ses mains rêches et mal entretenues. De sa voix haut perchée avec un accent rappelant celui d'Annie Cole, elle demanda à Eunice ce qu'elle désirait.

Pour la première fois, les yeux bleus et froids d'Eunice rencontrèrent les yeux gris et inquisiteurs de Joan.

— Je voudrais une boîte d'une livre de *Black Magic*, s'il vous plaît.

Combien de gens, liés ensemble par une même passion, ont commencé leurs relations d'une manière aussi triviale?

Joan sortit les chocolats. Elle avait toujours des gestes maniérés et ne pouvait se contenter de servir les clients et de leur rendre la monnaie. Elle prenait des airs de Sainte-Nitouche, faisait des mines la tête un peu penchée sur le côté.

— Quatre-vingt-cinq shillings, s'il vous plaît. — Regardant Eunice avec un petit sourire entendu, elle demanda : — Comment se passent leurs vacances, ou ne vous ont-ils pas encore écrit?

Eunice fut stupéfaite. Elle ne savait pas — et ne comprit jamais vraiment — que rien ne peut rester secret dans un petit village anglais. Non seulement, tout le monde à Greeving savait où étaient allés les Coverdale, quand ils étaient partis, quand ils allaient revenir et ce que le voyage leur avait coûté, mais tout le monde savait également qu'elle-même venait pour la première fois au village cet après-midi. Nellie Higgs et Jim Meadows l'avaient vu passer. Le téléphone arabe avait fonctionné. Son apparence et le motif de sa venue seraient abondamment commentés ce soir au *Blue Boar*. Mais pour Eunice, que Joan Smith l'ait reconnue et ait su où elle travaillait, cela tenait de la magie. Elle éprouva une sorte d'admiration qui fut le fondement de sa dépendance à l'égard de Joan et sa croyance aveugle, d'une façon générale, au bien fondé de tout ce que Joan pouvait dire. Cependant, elle se contenta de répondre :

— Je n'ai reçu aucune nouvelle.

— Il est encore trop tôt. C'est bien agréable de pouvoir partir trois semaines, n'est-ce pas? La fortune est une belle chose. Mais c'est une famille charmante. Mr. Coverdale est ce que j'appelle un gentleman de la vieille école, et elle est une véritable lady. On ne dirait jamais qu'elle a quarante-huit ans, n'est-ce pas?

Joan ajoutait ainsi six ans à la pauvre Jacqueline, sans autre raison que de la pure malice. En fait, elle détestait les Coverdale parce qu'ils ne fréquentaient pas son magasin et que George avait critiqué à maintes reprises la façon dont était tenue la poste. Mais elle n'avait pas l'intention d'exprimer ses sentiments devant Eunice, au moins pas avant de savoir de quoi il retournait.

— Vous avez de la veine de travailler pour eux, reprit-elle, mais ils ont aussi de la veine de vous avoir, d'après ce que l'on raconte.

— Je ne sais pas.

— Oh! vous êtes trop modeste, je le vois bien. Un petit oiseau m'a dit que la maison brillait comme un sou neuf. Ce n'est pas du luxe après la vieille Eva. Pourtant, ne vous sentez-vous pas bien seule?

— J'ai la télévision, et il y a toujours quelque chose à faire.

— Vous avez raison. Je suis moi-même toujours sur mes pieds avec cette grande baraque. Vous n'allez pas beaucoup à l'église. Je ne vous ai pas remarquée à St Mary avec la famille.

— Je ne suis pas pratiquante. Je n'ai pas le temps.

— Ah! vous ne savez pas ce que vous perdez! Mais il n'est jamais trop tard, et la patience du Seigneur est infinie.

— Je vais rentrer maintenant, dit Eunice.

— Dommage que Norm ait la camionnette, je vous aurais reconduite. — Joan accompagna Eunice jusqu'à la porte. — N'oubliez pas que si vous vous ennuyez, je suis toujours là et n'hésitez pas à me mettre à contribution, j'ai toujours une tasse de thé et un mot aimable pour une amie.

— Je n'oublierai pas.

Joan la salua de la main. Eunice traversa le pont et reprit le chemin de Lowfield Hall. Elle ouvrit la boîte de chocolats et jeta son emballage derrière une haie avant de prendre un chocolat fourré à la crème. Elle n'était pas fâchée d'avoir un peu bavardé. Joan Smith était le genre de personne avec qui elle s'entendait.

Cependant Eunice, ayant retrouvé son poste de télévision en parfait état de marche, n'aurait pas songé à retourner voir Joan Smith si celle-ci n'était pas venue elle-même.

Cette femme au visage d'oiseau de proie était dévorée de curiosité envers le genre humain autant qu'Eunice y était indifférente. Elle souffrait d'une forme particulière de paranoïa et projetait ses sentiments sur le Seigneur. Une dévote se doit d'être charitable, aussi ne parlait-elle jamais en son nom. Ce n'était pas elle qui voyait les fautes des autres, mais Dieu. Ce n'était pas à elle, mais à Dieu que les autres infligeaient des maux imaginaires. La vengeance est mienne, disait le Seigneur. Joan Smith n'était que son humble et énergique instrument.

Depuis longtemps, elle rêvait de connaître l'intérieur de Lowfield Hall et la vie de ses occupants. Une occasion lui était offerte de satisfaire sa curiosité. Elle avait rencontré Eunice. Leur premier contact avait été entièrement satisfaisant. Or voilà que venait d'arriver une carte postale expédiée de Crète par Melinda et adressée à Miss E. Parchman. Joan ne la remit pas au facteur pour être distribuée, et le lundi, elle l'apporta elle-même à Eunice.

Celle-ci fut aussi surprise que décontenancée en la voyant. Elle regarda la carte postale comme un insecte dangereux et proféra son excuse habituelle :

— Je ne vois rien sans mes lunettes.

— Je vais vous la lire si je ne suis pas indiscrète? Voyons : *C'est un endroit formid. Il fait plus de 40°. Nous sommes au palais de Knossos où Thésée tua le Minotaure. A bientôt. Melinda.* Que c'est gentil! Qui est Thésée? Je me le demande. Je n'ai rien vu sur le journal à ce sujet, mais les gens sont toujours en train de s'entretuer dans ces pays-là. Quelle jolie cuisine vous avez! Et comme elle est bien tenue! On pourrait manger par terre!

Soulagée et reconnaissante, Eunice retrouva ses esprits pour déclarer :

— J'allais mettre la bouilloire sur le feu.

— Oh non! Merci, je ne peux pas rester. J'ai laissé Norm tout seul au magasin. Curieux qu'elle ait signé

« Melinda ». On peut dire ça en sa faveur, elle n'est pas snob, bien qu'il y ait des côtés de sa vie qui affligent le Seigneur. — Regardant par la porte ouverte sur le couloir, elle remarqua : — C'est spacieux, hein? Pourrais-je jeter un coup d'œil sur le salon?

— Si vous voulez, dit Eunice, je n'y vois pas d'objections.

— Oh! ils n'en verraient pas non plus. Nous sommes tous bons amis au village. Etant moi-même une grande pécheresse, je ne me permettrai pas de critiquer ceux qui ont dévié de la ligne droite. C'est vraiment bien meublé et de bon goût.

La conclusion de tout ceci fut que Joan fit le tour de toute la maison. Ne voulant pas s'en laisser imposer par tout ce bavardage, Eunice eut à cœur de montrer de quoi elle était capable, et Joan la récompensa par des exclamations admiratives. Elles allèrent même plus loin qu'elles n'auraient dû, Eunice n'hésitant pas à ouvrir la garde-robe de Jacqueline pour montrer ses robes du soir. Dans la chambre de Giles, Joan regarda les posters et un mur recouvert de bouchons.

— Excentrique! déclara-t-elle.

— Ce n'est qu'un gamin.

— Ces affreux boutons le défigurent. Mais, naturellement, vous savez que son père est interné dans un établissement pour alcooliques.

Eunice l'ignorait, comme tout le monde, mais Joan n'était jamais à court d'imagination.

— Il a divorcé parce qu'il avait surpris sa femme en flagrant délit avec Mr. Coverdale alors que la femme de ce dernier n'était morte que depuis six mois. Je ne m'érige pas en juge, mais je sais lire la bible : « Quiconque épousera une femme divorcée commet l'adultère. » Pourquoi colle-t-il tous ces morceaux de papier sur les murs?

— Il le fait toujours, dit Eunice.

Allait-elle enfin découvrir le message que lui avait adressé Giles?

D'une voix outragée, Joan lut à haute voix :

L'ami de Barburg dit à Warburg de sa femme qui était malade : S'il plaît à Dieu de prendre l'un de nous, j'irai vivre à Paris.

Cette citation de Samuel Butler n'avait aucun rapport avec la vie de Giles, mais elle lui plaisait, et chaque fois qu'il la lisait, il se mettait à rire.

— Quel blasphème! dit Joan, je suppose qu'il aura appris cela à l'école. Tous ces professeurs n'ont aucun respect de l'âme humaine.

Ainsi, c'était quelque chose qu'il avait appris à l'école? Eunice se sentit envahie par un sentiment de reconnaissance envers Joan Smith qui éclairait les faits d'un jour nouveau et mettait son esprit en repos.

Avisant un paquet de *Philip Morris* qui traînait sur le bureau, Joan remarqua :

— Et il fume à son âge! Ses parents sont beaucoup trop tolérants.

— Vous n'allez pas me refuser une bonne tasse de thé, dit Eunice après avoir fait admirer sa chambre, la salle de bains et le poste de télévision.

— Je ne devrais pas avec Norm qui m'attend, mais puisque vous insistez...

Joan Smith resta encore une bonne heure durant laquelle elle raconta un certain nombre de mensonges sur la vie privée des Coverdale et essaya, sans succès, de soutirer à son hôtesse des détails inédits.

Eunice était à peine moins réticente que lors de leur première rencontre. Malgré l'aide qu'elle lui avait apportée, elle n'allait pas tout raconter à cette femme au sujet de 'Man, 'Pa, Rainbow Street et la confiserie. Elle n'était pas davantage préparée à accompagner Joan à ces réunions religieuses à Nunchester le dimanche suivant. Pourquoi perdre son feuilleton du dimanche soir pour aller chanter des hymnes avec cette bande de cinglés?

Joan ne s'en formalisa pas.

— Eh bien, je vous remercie de votre généreuse hospitalité. Et maintenant, il fait vraiment que je me sauve ou bien Norm va penser que j'ai eu un accident.

Elle rit gaiement en songeant à l'anxiété de son mari et retourna au village en chantant « Cheeri-bye » tout le long du chemin.

CHAPITRE IX

Durant les seize premières années de sa vie, Joan Smith, ou plutôt Joan Skinner, comme elle s'appelait alors, mena une vie que tout psychologue aurait considérée comme promise à un avenir parfaitement équilibré.

Elle ne fut ni mal traitée, ni négligée. Au contraire, elle fut tendrement chérie. Son père était agent d'assurances. La famille vivait dans une maison lui appartenant dans le quartier résidentiel de Kilburn. Les parents étaient heureux en ménage. Joan avait trois frères plus âgés qu'elle qui aimaient bien leur petite sœur. Mr. et Mrs. Skinner avaient toujours désiré une fille et, lorsqu'elle naquit enfin, ils furent en extase devant elle. Entourée comme elle l'était, elle fut une enfant précoce et sut lire à l'âge de quatre ans. A dix ans, elle promettait d'être une élève brillante. Elle commençait ses études secondaires quand la guerre éclata. Comme Eunice Parchman, elle partit de Londres avec son école. La famille qui la reçut était bonne et pleine de considération.

Sans raison apparente, un beau jour, elle se rendit au poste de police du Wiltshire et accusa le chef de la famille de l'avoir violée. Pour étayer son accusation, elle montra des traces de coups. L'examen médical qui fut pratiqué permit d'établir que Joan n'était plus vierge. L'homme qu'elle avait accusé fut traduit en justice et acquitté, en raison de son bon renom et de l'alibi indiscutable qu'il put fournir: Joan fut ramenée chez ses parents qui crurent que leur fille était victime d'une erreur judiciaire. Elle ne resta que huit jours à la maison avant d'aller rejoindre l'auteur de ses malheurs, un livreur de pains de Salisbury. Il était marié et père de deux enfants, mais il quitta sa femme et vécut avec Joan durant quatre années. Lorsqu'il alla en prison pour défaut de paiement de pension alimentaire à sa famille, Joan retourna à Londres, mais pas chez ses parents, aux lettres desquels elle avait toujours refusé de répondre.

Deux années s'écoulèrent encore durant lesquelles Joan travailla comme barmaid. Elle fut renvoyée pour avoir puisé dans le tiroir-caisse. A partir de là, elle sombra dans la plus basse prostitution.

Elle avait trente ans lorsque Norman Smith la tira de cette vie.

Homme faible et innocent, il la rencontra par hasard chez un coiffeur qui avait un salon pour dames et pour messieurs. Joan était la première femme qu'il osât regarder, et la seule qu'il invitât jamais à sortir. Lors de leur seconde rencontre, il lui proposa de l'épouser, ce qu'elle accepta avec empressement.

Norman n'avait aucune idée de la façon dont elle gagnait sa vie et croyait qu'elle était secrétaire intérimaire. Ils vécurent alors avec la mère de Norman. Après un an de violentes querelles avec la vieille Mrs. Smith, Joan trouva un moyen de la neutraliser en encourageant son penchant, jusque-là contrôlé, pour la dive bouteille. Peu à peu, Mrs. Smith dépensa ses économies en buvant une demi-bouteille de whisky par jour.

— Cela tuerait Norman, s'il le savait, dit Joan.

— Ne lui dites rien, Joanie!

— Alors couchez vous avant qu'il ne rentre. Le pauvre garçon aurait le cœur brisé de vous voir vous enivrer sous son propre toit.

Avec les encouragements de Joan, la vieille Mrs. Smith devint une invalide. Livrée à elle-même, Joan retourna à la prostitution. Il est difficile de comprendre pourquoi, car son mari gagnait bien sa vie. Par perversité peut-être ou, plus probablement, pour défier Norman dans sa respectabilité.

Cependant, il ne découvrit jamais rien, et ce fut elle qui, plus tard, se confessa à lui sans la moindre retenue. Ce fut le résultat de sa conversion.

Depuis l'âge de quatorze ans — et elle en avait près de quarante — Joan n'avait jamais accordé une pensée à la religion. Pour la transformer en une fanatique de la bible, il suffit qu'un homme faisant partie d'une secte appelée « Le peuple de l'Epiphanie » sonnât à sa porte.

— Non, merci, pas aujourd'hui, dit Joan.

Mais n'ayant rien à faire ce jour-là, elle feuilleta la documentation qu'il lui avait laissée. Par une de ces coïncidences qui arrive souvent, elle passa le lendemain devant le temple du peuple de l'Epiphanie. Naturellement, ce n'était pas vraiment une coïncidence. Elle était passée vingt fois devant sans le remarquer. Un service religieux commençait. Par curiosité, Joan entra et... fut « sauvée ».

Le Peuple de l'Epiphanie était une secte fondée en Californie en 1920 par un entrepreneur de pompes funèbres en retraite. L'Epiphanie est la commémoration du jour où, selon la tradition, Jésus-Christ s'est manifesté aux Mages venus à Bethléem pour l'adorer. Elroy Camp et ses adeptes se considéraient comme des sages à qui une révélation spéciale avait été faite. C'est-à-dire qu'eux, et eux seuls, pourraient assister à une manifestation divine et par conséquent, eux seuls et quelques élus trouveraient le salut. Elroy Camp se croyait lui-même une réincarnation de l'un des Mages et était connu dans la secte sous le nom de Balthazar.

Pour adhérer à la secte, il fallait se plier à une stricte moralité, fréquenter le temple et faire un minimum de cent visites de prosélytisme par an. Tous croyaient que, dans très peu de temps, il y aurait une seconde épiphanie au cours de laquelle le Peuple Elu serait choisi alors que le reste du monde serait plongé dans les ténèbres. Leurs réunions étaient vociférantes mais gaies. On y servait du thé et des gâteaux, et on y assistait à des projections de films. Les nouveaux adeptes étaient appelés à confesser leurs péchés en public, après quoi, l'assistance se livrait à des commentaires et chantait des hymnes dont la plupart avaient été composés par Balthazar lui-même.

Il peut paraître bizarre que tout cela ait offert un attrait pour Joan. Mais, elle avait toujours aimé le drame, spécialement lorsqu'il était de nature à choquer les autres. Elle entendit une femme confesser à haute voix des péchés véniels, tels que d'avoir voyagé sans payer dans des transports en commun et s'être livrée à des pratiques frauduleuses avec l'argent du ménage. Comme elle pouvait faire mieux que cela!

Joan avait quarante ans, et elle se rendait compte qu'avec ses cheveux ternes et sa peau flétrie, elle était vieille avant l'âge. Quel avenir avait-elle? Une obscure vie domestique à Harlesden avec la vieille Mrs. Smith ou la publicité glorieuse que le Peuple de l'Epiphanie pouvait lui apporter. De plus, cela pouvait être vrai, bientôt, elle ne tarda pas à y croire vraiment.

Elle fit la confession de l'année. Toute sa vie de turpitude fut étalée. La congrégation fut frappée de stupeur par les excès de Joan, mais on lui avait promis le pardon, et elle l'obtint comme l'avait obtenu la femme qui avait voyagé dans le métro sans billet.

Femme infidèle, Joan ouvrit son cœur au pauvre Norman, lui enlevant d'un seul coup toutes ses illusions. Joan l'évangéliste alla de maison en maison, de Harlesdan à Wood Lane et Shepherd's Bush, non seulement pour distribuer des tracts, mais aussi pour raconter à qui voulait l'entendre comment, avant que le Seigneur ne l'ait appelée, elle avait été une prostituée et une femme perdue.

En vain, Norman supplia-t-il sa femme de cesser tout cela. Il avait bien assez souffert en apprenant sa vie passée, sans que tout le monde fût au courant. On commençait à lui lancer des invectives dans la rue. Mais, comment faire des reproches à une femme qui s'était convertie et avouait ses péchés avec une telle ardeur?

— Je sais, Norm, j'étais plongée dans une vie de corruption. J'ai péché contre toi et contre le Seigneur. J'étais une brebis égarée.

— Je souhaiterais seulement que tu ne le racontes pas à tout le monde!

Puis, la vieille Mrs. Smith mourut. Elle laissa à son fils la maison et mille livres. Norman était un de ces hommes — et ils sont légion — qui avait toujours rêvé de tenir une boutique ou un pub à la campagne.

Il n'avait jamais vécu à la campagne ni tenu de boutique, mais c'était ce qu'il désirait. Il fit un stage à la poste et, vers l'époque où les Coverdale achetèrent Lowfield Hall, lui et Joan se retrouvèrent propriétaires de l'épicerie de Greeving — car le seul autre temple de l'Epiphanie se trouvait près de Nunchester.

Les Smith tinrent leur boutique avec une désastreuse inefficacité. Bien entendu, le bureau de poste était ouvert durant des heures régulières, mais Joan, en dépit de toutes ses protestations à Eunice, laissait Norman seul pendant des heures. Il ne pouvait quitter le guichet, derrière la grille pour servir les clients. Ceux qui avaient l'habitude de venir cessèrent de le faire. Parmi ceux qui n'avaient pas de voiture pour aller se ravitailler ailleurs, beaucoup se plaignirent amèrement. Joan surveillait le courrier. C'était son devoir, prétendait-elle, de découvrir les pécheurs. Elle décachetait les enveloppes à la vapeur et les recollait. Norman la regardait avec consternation, souhaitant désespérément avoir le courage de la frapper et espérant, contre toute attente, qu'il le ferait un jour.

Ils n'avaient pas d'enfant et, maintenant qu'elle avait cinquante ans, elle affirmait :

— Norm et moi avons désiré en avoir, mais le Seigneur n'a pas daigné bénir notre union. Ce n'est pas à nous de questionner Sa volonté.

On peut se demander ce que Joan Smith aurait fait de ses enfants si elle en avait eu. Peut-être les aurait-elle mangés.

CHAPITRE X

Depuis longtemps, George Coverdale soupçonnait l'un des Smith de décacheter le courrier. Une semaine avant leur départ en vacances, une enveloppe contenant une lettre de son fils Peter, portait des traces de colle, et un paquet provenant d'un club de livres auquel Jacqueline était abonnée avait visiblement été ouvert et refermé avec une ficelle. Cependant, il hésitait à agir sans preuve positive.

Il n'avait plus remis les pieds dans la boutique ou utilisé le bureau de poste depuis le jour où, trois ans plus tôt, Joan lui avait vertement reproché de vivre avec une femme divorcée et l'avait exhorté à abandonner sa vie de péché et à revenir à Dieu. Depuis lors il postait son courrier à Stantwich et se contentait de saluer les Smith de la tête quand il les rencontrait au village. Il aurait été furieux d'apprendre que cette femme était entrée dans sa chambre et avait inspecté toute sa maison.

Mais quand la famille revint de voyage, rien ne laissait penser qu'Eunice s'était départie de ses manières habituelles.

— Je ne crois même pas qu'elle soit sortie de la maison, chéri, dit Jacqueline.

— Eh bien, si, dit Melinda qui avait appris les racontars du village, Geoff m'a dit qu'on l'avait vue à Greeving. Il l'a su par Mrs. Higgs, celle qui monte à bicyclette. C'est la grand-mère de sa belle-sœur.

— Si elle préfère marcher jusqu'au village, je ne vais pas insister pour lui faire prendre des leçons de conduite, dit George.

L'été s'acheva. Au début de l'automne, la végétation poussa avec exubérance. Les fleurs devenaient trop hautes sur leurs tiges. Les haies regorgeaient de fleurs et de baies. Melinda participa à la cueillette des mûres. Jacqueline fit de la gelée. Eunice n'avait jamais vu confectionner de la confiture. Giles refusa de prendre part au ramassage des fruits ou au festival de la moisson à St Mary.

Il épingla sur le mur de sa chambre une citation qui aurait pu être écrite pour lui : *Certains prétendent que la vie est importante, mais je préfère lire.*

La chasse aux faisans commença. Eunice vit George entrer dans la salle d'armes, décrocher les fusils et, laissant la porte de la cuisine ouverte, procéder au nettoyage des armes. Elle le regarda les charger avec intérêt, mais en toute innocence, n'ayant aucune idée qu'elle pourrait s'en servir un jour.

George avait acheté un second fusil pour son beau-fils, comme il lui avait acheté une canne à pêche et un cheval qui engraissait maintenant dans le pré. Trois années d'apathie, suivies d'une opposition affirmée de la part de Giles, avaient appris à George à abandonner l'espoir d'en faire un sportif; aussi le fusil fut-il prêté à Francis Jameson-Kerr, l'agent de change, fils du général.

Le gibier était abondant. De la fenêtre de la cuisine, puis du potager où elle était allée cueillir un chou, Eunice vit les chasseurs revenir avec quatre couples de perdrix et un faisan. Un couple de perdrix pour les Jameson-Kerr, un autre pour Peter et Paula, le reste du gibier resta à Lowfield Hall. Eunice se demanda combien de temps ce paquet de plumes allait rester pendu dans l'arrière-cuisine avant qu'elle ait le plaisir de goûter cette viande inconnue.

Une semaine plus tard, Jacqueline fit rôtir le faisan et comme Eunice découpait un morceau de blanc dans son assiette, trois petites balles rondes roulèrent dans la sauce.

Jacqueline faisait toujours les courses ou téléphonait la commande à un magasin de Stantwich. George se chargeait alors de ramener les provisions le soir. Eunice éprouvait une anxiété chronique à l'idée qu'un jour on lui demanderait de téléphoner cette liste et un mardi, fin septembre, cela arriva.

Le téléphone sonna à huit heures du matin. C'était Lady Royston qui annonçait qu'elle s'était cassé le bras en tombant de cheval et demandait à Jacqueline si elle pouvait la conduire à l'hôpital de Nunchester.

Les Coverdale prenaient leur petit déjeuner.

— Pauvre Jessica! dit Jacqueline en se levant. Je vais aller chez elle tout de suite. La liste d'achats est prête, George, Miss Parchman n'aura qu'à la téléphoner dès que le magasin sera ouvert, et tu pourras tout ramener ce soir.

George et Giles terminèrent leur repas en silence. Eunice vint débarrasser la table.

— Ma femme a dû sortir pour aider une amie, dit George, aussi, voulez-vous être assez aimable pour appeler ce numéro, et passer la commande qui est sur cette liste.

— Oui, monsieur, répondit automatiquement Eunice.

— Prêt dans cinq minutes, Giles? Ne téléphonez pas avant neuf heures trente, Miss Parchman. Ce magasin n'ouvre pas plus tôt.

Eunice regarda la liste. Elle pouvait lire le numéro et c'était à peu près tout. Que faire? George était allé sortir la Mercedes. Giles était en haut. Melinda passait le reste de la semaine avec une amie à Lowestoft. Un sentiment de panique envahit Eunice. Elle songea à demander à

Giles de lui lire la liste en prétextant que ses lunettes étaient dans sa chambre, mais l'excuse était trop faible, et Giles traversait déjà le hall et faisait claquer la porte derrière lui.

En désespoir de cause, elle s'assit sur une chaise. Un instant, elle envisagea d'aller à Stantwich et de porter la liste au comptoir, mais comment s'y rendre? Elle savait qu'il existait un car, mais ignorait où il s'arrêtait. Eva Baalham ne venait pas le mardi. Le laitier était déjà passé. Elle serait obligée de dire à Jacqueline qu'elle avait oublié de passer la commande.

Non! Il y avait Joan Smith!

Un plan très cohérent se formait dans sa tête. Eunice ne se souciait pas plus d'avouer son secret à Joan Smith qu'à Eva, au laitier ou à Jacqueline, mais Joan avait une épicerie. Une fois qu'elle lui aurait remis la liste, il y aurait sûrement un moyen de savoir ce qu'elle contenait.

Elle enfila son cardigan tricoté à la main et partit pour Greeving.

— Il y a longtemps qu'on ne vous a vue, dit Joan avec entrain. Voici mon mari. Norm, voici Miss Parchman, de Lowfield Hall, dont je t'ai parlé.

— Heureux de vous rencontrer, dit Norman Smith derrière sa grille.

Ainsi enfermé, il ressemblait à un ruminant, une chèvre ou un lama, qui aurait été tenu trop longtemps en captivité pour se souvenir de sa liberté. Il avait un visage triangulaire, pâle et osseux et des cheveux gris. Pour accentuer sa ressemblance avec un ruminant, il mâchait continuellement du chewing-gum, parfumé à la menthe, parce que Joan prétendait qu'il avait mauvaise haleine.

— A quoi devons-nous le plaisir de votre visite? demanda Joan. Ne me dites pas que Mrs. Covendale va nous accorder sa clientèle. Ce serait un jour à marquer d'une pierre blanche.

— J'ai une liste, dit Eunice en regardant les étagères.

— Faites-moi voir... Nous avons la farine et les céréales, mais pas de haricots nains, de feuilles de vigne et d'aïl... nous en attendons, ajouta-t-elle vivement. Ecoutez, vous allez me lire la liste et je vais contrôler ce que nous avons.

— Non, lisez plutôt et je contrôlerai.

— Ah! excusez-moi, je manque de tact, j'aurais dû me souvenir de votre mauvaise vue. Allons-y.

Eunice ne trouva que deux articles, mais elle était sauvée, car Joan lisait lentement et d'une voix claire, et Eunice avait le temps de tout enregistrer. Elle acheta la farine et les céréales qu'elle cacherait dans sa chambre et paierait de son argent, mais qu'importait.

A nouveau, un sentiment de reconnaissance à l'égard de Joan l'envahit. Elle se souvint vaguement avoir éprouvé cela, il y avait longtemps, pour sa mère, avant que celle-ci ne tombât malade.

Oui, elle allait accepter la tasse de thé que Joan lui offrait et soulager ses pieds en s'asseyant quelques minutes.

— Vous n'avez qu'à téléphoner à Stantwich, dit Joan qui crut comprendre qu'Eunice était venue au village de son propre chef. Servez-vous du téléphone. Tenez, voici votre liste. Avez-vous vos lunettes?

Eunice les avait. Celles avec la monture imitation écaille. Pendant que Joan s'affairait avec les tasses, elle téléphona. Paraître lire à haute voix ce qu'en réalité elle avait retenu par cœur lui apportait un plaisir sans mélange. Il lui était rarement arrivé de pouvoir *prouver* qu'elle savait lire. En reposant l'appareil elle ressentait ce que nous éprouvons lorsque nous pouvons montrer nos prouesses dans un domaine où nous excellons.

Elle loua la « charmante vieille maison », ignorant son aspect délabré, et alla même jusqu'à complimenter Joan sur ses cheveux, sa robe à fleurs et la qualité de ses chocolats.

— Voulez-vous que je vous ramène jusqu'au manoir? proposa Joan.

— Je ne voudrais pas vous déranger.

— Pas du tout. C'est un plaisir.

Joan suivit Eunice sans un regard pour son mari. La vieille camionnette verte se mit en marche après quelques manipulations et grimpa allégrement la côte pour arriver sans encombre à la porte de Lowfield Hall.

— Tenez, une bonne manière en appelle une autre, voilà un petit livre que je veux vous faire lire, dit Joan en sortant une brochure intitulée « *Dieu veut que vous soyez un homme avisé* ». Promettez-moi de venir avec moi à notre prochaine réunion, dimanche soir? Je ne viendrai pas vous chercher ici, mais attendez-moi à l'entrée du chemin à cinq heures.

— Entendu, dit Eunice.

— Oh! cela vous plaira. Nous n'avons pas de livres de prières comme les gens d'église, nous chantons. Seulement, cela vient du cœur. Ensuite on sert le thé et l'on bavarde entre frères. Dieu veut que nous nous réjouissions quand nous lui avons tout donné. Mais pour ceux qui le bafouent, il n'y aura que pleurs et grincements de dents! Avez-vous tricoté votre cardigan vous-même? Je le trouve très élégant. N'oubliez pas votre farine et vos céréales.

Très satisfaite, Joan partit retrouver son mari. Il semblait qu'elle n'avait rien à gagner d'une amitié avec Eunice Parchman, mais en fait, elle avait besoin d'un satellite dans le village. Norman était devenu une nullité, l'ombre de lui-même, depuis les révélations de sa femme. Ils ne se parlaient presque plus, et Joan avait cessé de prétendre, devant leurs relations, qu'ils formaient un couple idéal. Elle disait à qui voulait l'entendre que Norman était sa croix, qu'il était de son devoir d'épouse de le supporter, mais qu'il s'était détourné de Dieu et ne pouvait plus être son compagnon. Ces déclarations, faites publiquement, avec d'autres assertions sous-entendant que Joan possédait l'infaillibilité divine avaient écarté d'elle les Higgs, les Baalham et les Newstead qui auraient pu devenir des amis. On la saluait, mais on ne la fréquentait pas. D'une façon générale, elle passait pour folle, ce qu'elle était déjà, fort probablement.

Joan jugea Eunice inexpérimentée et malléable. Elle crut aussi, accessoirement, qu'elle était une brebis égarée à ramener au bercail. Quel triomphe ce serait pour elle d'en faire une adepte!

Ravie de son succès, Eunice avait déménagé les meubles du petit salon et était occupée à lessiver les peintures quand Jacqueline revint

— Quelle matinée! La pauvre Lady Royston a des fractures multiples à son bras gauche. Mais vous faites un véritable nettoyage de printemps en septembre, Miss Parchman! Quelle infatigable travailleuse vous êtes! J'ose à peine vous demander si vous avez eu le temps de vous occuper de ma liste?

— Oh! oui, madame. Mr Coverdale n'aura qu'à passer prendre la commande à cinq heures.

— C'est merveilleux! Et maintenant, je vais prendre un grand verre de Sherry avant le déjeuner. Pourquoi ne vous arrêteriez-vous pas un peu pour vous joindre à moi?

Mais Eunice refusa. A part un rare verre de vin à l'occasion d'un mariage ou d'un enterrement, elle n'avait jamais bu d'alcool. C'était un des rares points qu'elle eût en commun avec Joan Smith qui, bien qu'elle ait affectionné le gin au temps où elle fréquentait Shepard's Bush, avait abandonné toute boisson alcoolisée depuis qu'elle chantait les hymnes de l'Epiphanie.

Par la force des choses, Eunice ne lut pas la brochure que lui avait remise Joan, mais elle se rendit à la réunion où personne ne lui demanderait de lire. Elle apprécia la promenade dans la camionnette de Joan, les chants et le thé. Avant de regagner Greeving, elle avait accepté une invitation à dîner chez les Smith pour le mercredi suivant, et les deux femmes avaient décidé de s'appeler par leur prénom. Dans l'existence stérile d'Eunice Parchman, Mrs. Samson et Annie Cole avaient un successeur.

Melinda retourna au collège. George tira encore quelques faisans. Jacqueline fit ses plantations et tailla les haies. Giles apprit avec mélancolie que la dixième et dernière place de car pour Poona était retenue. Les arbres se dépouillaient de leurs feuilles. La récolte de pommes était terminée, et les noix mûrissaient. Le coucou était parti depuis longtemps, et les hirondelles se rassemblaient pour s'envoler vers le sud.

CHAPITRE XI

Si Melinda avait été là, elle aurait su que, lorsqu'Eunice s'absentait, comme elle le faisait maintenant fréquemment, elle allait rendre visite à Joan Smith et que lorsqu'elle partait à la tombée de la nuit le dimanche, la camionnette des Smith l'attendait au bout du chemin, mais Melinda était au collège et ne revint à la maison qu'au bout d'un mois. En cette occasion, elle se montra inhabituellement tranquille et préoccupée. Elle ne sortit pas, mais écouta des disques ou resta assise en silence. Car Melinda était amoureuse.

Aussi, bien que tous les habitants de Greeving suivissent avec intérêt l'étrange alliance des deux femmes, les Coverdale n'en savaient rien. Parfois, ils ignoraient même qu'elle fût sortie, tant elle était discrète quand elle était là. Ils ne soupçonnaient pas davantage que lorsqu'ils sortaient, Joan Smith venait passer des soirées agréables avec Eunice en buvant du thé et en regardant la télévision dans la chambre du haut. Naturellement, Giles était toujours là, mais elles faisaient attention de ne pas parler dans l'escalier et l'épaisse moquette étouffait leurs pas. Elles arrivaient ainsi dans la chambre d'Eunice où l'incessant bourdonnement de la télévision couvrait le bruit de leur voix.

Cependant, cette amitié naissante aurait sombré rapidement si Eunice avait pu en faire à sa tête. La reconnaissance qu'elle avait éprouvée envers Joan s'était refroidie, et elle se mit à la considérer comme tous les autres gens : quelqu'un dont elle pourrait se servir. Non pour la faire chanter, mais plutôt pour l'avoir à sa merci comme l'avait été Annie Cole.

Or, elle crut qu'Eva Baalham lui avait livré Joan entre ses mains. Eva était mécontente car si ses heures de travail avaient été augmentées chez Mrs. Jameson-Kerr, elle ne venait plus à Lowfield Hall qu'une matinée par semaine. Naturellement, elle rendait Eunice responsable de cet état de choses car celle-ci acceptait de faire des tâches qui lui revenaient auparavant. Dès qu'elle trouva une occasion de coincer Eunice, elle la saisit.

— Il paraît que vous êtes devenue bien copine avec cette Mrs. Smith.

— Je ne sais pas, dit Eunice.

— Vous êtes tout le temps fourrées ensemble. C'est ce que j'appelle être copine. Mon cousin Meadows, celui qui a le garage, vous a vue dans sa camionnette l'autre jour. Il y a peut-être des choses que vous ne savez pas à son sujet.

— Quoi? demanda Eunice.

— Ce qu'elle était avant de venir ici. Une fille des rues qui ne valait pas mieux qu'une vulgaire prostituée. Même après son mariage, elle allait avec des hommes, et son mari ne se doutait de rien, le pauvre diable.

Ce soir-là, Eunice était invitée à dîner chez les Smith. Ils servirent ce qu'elle aimait et qu'elle ne mangeait jamais à Lowfield Hall : des saucisses avec du bacon et des chips. Ensuite, elle eut une barre de chocolat aux noisettes. Norman mangea en silence, puis il partit pour le *Blue Boar* où, par pitié, un Higgs ou un Newstead ferait une partie de fléchettes avec lui.

Joan servit le thé et s'installa avec confiance à table pour prêcher son évangile. Ayant terminé son dernier biscuit, Eunice saisait l'occasion. Elle interrompit Joan de sa voix la plus impérative.

— J'ai appris des choses sur vous.

— Des choses bien, j'espère?

— Je ne sais pas. Il paraît que vous alliez avec des hommes pour de l'argent.

Une sorte d'extase éclaira le visage de Joan. Elle se frappa la poitrine de ses poings fermés :

— Oh! oui, j'ai péché. Je me suis roulée dans la fange et j'ai été une prostituée, mais Dieu m'a appelée à lui. Je l'ai entendu et jamais je n'oublierai le jour où j'ai confessé mes péchés devant la multitude de mes frères et où j'ai ouvert mon cœur à mon mari. Avec une réelle humilité, j'ai avoué mes fautes afin que tout le monde sache que l'âme la plus noire peut encore être sauvée!

La stupéfaction coupa la parole à Eunice. Aucune victime virtuelle de chantage n'avait réagi ainsi. Son respect pour Joan ne connut plus de bornes et, domptée, elle tendit sa tasse à thé.

Joan devina-t-elle? Peut-être. C'était une femme intelligente et expérimentée. Dans l'affirmative, la déconvenue d'Eunice dut lui procurer un énorme amusement, sans lui aliéner le moins du monde son amitié. Après tout, elle s'attendait à ce que les gens fussent des pécheurs. Elle n'appartenait pas pour rien au peuple élu.

Les dernières feuilles des arbres s'envolaient dans le vent. Les chênes, les hêtres et les frênes étendaient leurs branches dépouillées.

George en smoking et Jacqueline en robe du soir rouge rebrodée d'or, allèrent à Covent Garden voir *La clémence de Titus*, et passèrent la nuit chez Paula.

Dans la chambre de Giles, la citation du mois était de Mallarmé *La chair, hélas, est faible, et j'ai lu tous les livres.* Mais, loin d'avoir lu tous les livres, Giles était plongé dans les œuvres d'Edgar Poe. Si, comme tout semblait l'indiquer, il ne pouvait faire son voyage aux Indes, il demanderait peut-être à Melinda de partager un appartement avec lui à Londres quand ils auraient terminé leurs études.

Il ne se doutait pas que Melinda était amoureuse de Jonathan Dexter, étudiant en langues modernes. George Coverdale s'était souvent demandé, sans en souffler mot à personne, pas même à Jacqueline, si la plus jeune de ses filles était aussi innocente que sa mère l'avait été au même âge. Il en doutait et s'était résigné à l'idée qu'elle avait suivi le courant de cette société de tolérance. En fait, il aurait été surpris et heureux d'apprendre que Melinda était toujours vierge, bien qu'il se fût inquiété s'il avait su à quel point elle était prête de changer un état de chose aussi irréversible.

Maintenant que la glace était rompue, Eunice sortait souvent se promener. Comme elle avait arpenté Londres, elle faisait des kilomètres de Cockfield à Marleigh, de Marleigh à Cottingham, à travers les chemins recouverts de feuilles d'automne. Elle marchait sans but, sans s'arrêter pour regarder à travers les branches dénudées, les collines boisées et les vallées riantes, ne remarquant pratiquement jamais le paysage. Comme elle l'avait fait à Londres, elle marchait pour satisfaire un désir de liberté et utiliser l'énergie que ses besognes ménagères ne suffisaient pas à apaiser.

Elle ne communiquait jamais avec Joan Smith par téléphone. Joan ne venait pas avec sa camionnette sans s'être assurée que la maison était vide. Pour aller rendre visite à ses amis, Jacqueline passait obligatoirement par Greeving. Joan était toujours là pour épier. Dès qu'elle s'était assurée que la voie était libre, Joan arrivait à Lowfield Hall et entrait sans bruit par la salle d'armes. Trois minutes plus tard, Eunice mettait la bouilloire sur le feu.

— Elle mène une vie d'oisiveté et de distraction. Elle est chez Mrs. Cairne ce matin. En passant, je les ai vues occupées à prendre l'apéritif. On peut se demander ce que Dieu pense quand il se penche sur ce genre de choses. J'ai trois visites à faire à Cockfield ce matin, aussi ne vais-je pas rester longtemps.

Par « visite » Joan n'entendait pas des livraisons d'épicerie ou des distributions de courrier, mais des visites de prosélytisme. Comme d'habitude, elle était armée de brochures, y compris une toute nouvelle intitulée *Suivez mon étoile*.

C'était une si fervente zélatrice, qu'il arrivait souvent à Eunice de ne pas la trouver chez elle quand elle passait la voir au cours de l'une de ses promenades. Seul, Norman était là. Il secouait la tête, derrière son guichet et annonçait d'un ton lugubre :

— Elle est sortie.

Parfois, Eunice arrivait à temps pour accompagner Joan dans sa tournée et, de la voiture, elle voyait son amie prêcher la bonne parole à la porte des cottages. Il arrivait qu'une ménagère naïve, fît entrer Joan, mais plus souvent, la porte lui était fermée au nez et elle revenait à la camionnette avec l'auréole du martyre.

— J'admire la façon dont vous le prenez, disait Eunice.

— Le Seigneur réclame l'humilité de ses serviteurs, Eun, rappelez-vous que certains seront emportés par des anges dans le sein d'Abraham et d'autres seront voués aux flammes éternelles. Faites-moi penser de m'arrêter chez Meadows, je n'ai presque plus d'essence.

Les deux femmes formaient un bien étrange contraste. Joan avait un visage anguleux et une maigreur qui la faisait ressembler aux enfants des pays sous-développés. Sa religion ne lui avait pas fait perdre ses habitudes vestimentaires de fille des rues : jupe trop courte, bas noirs, souliers vernis à talons éculés, grand sac à main, veste blanche à larges épaules. Ses cheveux blonds et raides faisaient ressortir son maquillage outrancier.

Eunice aurait pu être choisie pour lui servir de repoussoir. Depuis qu'elle était à Lowfield Hall, elle n'avait ajouté à sa garde-robe que les chandails qu'elle avait tricotés elle-même. Par ces jours gris d'automne, elle portait un béret rouge en laine et une écharpe bleu foncé. Avec son lourd manteau marron, elle dominait Joan de la tête, et le contraste était encore plus frappant lorsqu'elles marchaient côte à côte, Joan avançant à petits pas rapides, perchée sur ses hauts talons, Eunice posant ses pieds bien à plat et faisant de grandes enjambées.

Chacune d'elles pensait que l'autre avait l'air d'une folle, mais cela n'altérait pas leur amitié. Sans le dire, Eunice trouvait Joan très intelligente et savait qu'elle pourrait compter sur son aide en cas de besoin. De son côté, Joan voyait en Eunice une personne hautement respectable, pouvant lui servir de garde du corps si Norman essayait jamais de mettre à exécution ses menaces de la battre.

Joan offrait des chocolats à Eunice chaque fois qu'elle venait la voir. Eunice avait tricoté une paire de gants rose saumon à Joan et songeait à lui faire un pull-over.

Le premier novembre, jour de la Toussaint, était le quarante-troisième anniversaire de Jacqueline. George lui offrit une veste doublée de mouton, Giles un enregistrement de Mozart. Melinda envoya une carte avec la promesse de « quelque chose de joli quand je viendrai à la maison ».

Le paquet contenant un roman, envoyé par Peter et Audrey, avait, de toute évidence, été ouvert et refermé. George se rendit au bureau de poste de Greeving et se plaignit à Norman Smith. Mais, que répondre à la protestation de Norman qui affirmait que l'emballage du livre était défectueux et déchiré avant son arrivée? George dut se contenter de hocher la tête avec scepticisme en disant qu'il approfondirait la chose. Cette semaine là, il se rendit chez le Dr Crutchley pour son check-up annuel et s'entendit annoncer que sa tension avait monté. Il n'y avait pas de quoi s'alarmer, mais il valait mieux prendre des précautions. George n'était pas un homme impressionnable, mais il décida que le moment était venu de faire son testament, un acte qu'il remettait depuis des années.

Ce fut ce testament qui donna lieu au litige, toujours sans solution, et priva Lowfield Hall de propriétaire en compliquant singulièrement la vie de Peter Coverdale et de Paula Caswall.

Cependant, ce testament fut soigneusement rédigé. Mais, qui aurait pu prévoir les événements de la St Valentin? Quel notaire circonspect aurait pu imaginer un tel massacre dans une famille aussi paisible que celle des Coverdale?

George montra une copie de ce testament à Jacqueline quand elle rentra d'une réunion avec le conseil de la paroisse.

— *Je lègue à mon épouse bien aimée, Jacqueline Louise Coverdale*, lut-elle à haute voix, *la propriété complète de mon domaine connu sous le nom de Lowfield Hall à Greeving, dans le comté de Suffolk, libre de toute hypothèque, pour elle et ses héritiers et successeurs...* Oh! chéri, « à mon épouse bien aimée », comme je suis heureuse que tu aies mis cela! Mais pourquoi ne m'en as-tu pas laissé seulement l'usufruit? J'ai la fortune que mes parents m'ont laissée, plus ce que j'ai touché de la vente de ma maison et il y a ton assurance sur la vie...

— Je sais. C'est pourquoi je laisse le reste de ma fortune à mes filles et à Peter. Mais, je veux que tu aies la maison. Tu l'aimes tant! De plus, je déteste ces petits arrangements avec la veuve dont les héritiers attendent la mort.

— Tes enfants ne seraient pas ainsi.

— Je l'espère, Jacqueline, mais je ne veux prendre aucun risque. Si par malheur, tu disparaissais avant moi, la maison serait vendue après ma mort, et son montant serait partagé entre mes héritiers.

Jacqueline le regarda :

— J'espère que cela arrivera.

— Quoi donc, chérie?

— Que je meure avant toi. Cela m'ennuie que tu sois plus âgé que moi à cause de cela. Je ne voudrais pas que tu disparaisses avant moi. Je ne peux imaginer la vie sans toi.

George la prit dans ses bras.

— Ne parlons plus de cela. Je n'ai pas l'intention de mourir tout de suite.

Ils discutèrent du conseil de la paroisse et des fonds récoltés pour la nouvelle mairie, et Jacqueline oublia le vœu qu'elle avait formulé.

Il n'était pas destiné à être exaucé, bien qu'elle ne fût veuve que durant quinze minutes.

CHAPITRE XII

Le temple de l'Epiphanie à Nunchester est situé à l'entrée de la ville, à côté du marché à bestiaux. Joan Smith faisait en général le trajet en vingt minutes. Eunice aimait ces réunions du dimanche soir. On distribuait des feuilles sur lesquelles étaient écrits les paroles des hymnes, mais comme tout le monde les connaissait par cœur, personne ne s'en servait. Grâce à sa mémoire, Eunice n'avait pas eu besoin de les entendre plus d'une fois pour les retenir, et sa belle voix de contralto dominait les autres.

Après les hymnes et quelques confessions spontanées, on servait du thé et des biscuits et l'on regardait des films sur le peuple de l'Epiphanie, Blancs et Noirs se battant partout dans le monde pour apporter la bonne parole. On bavardait aussi beaucoup et l'on parlait avec compassion de ceux qui n'avaient pas été touchés par la grâce.

Dans l'ensemble, c'étaient — et ce sont toujours — de braves gens. Leurs hymnes ressemblaient à des pop-songs, et leurs préceptes n'étaient pas plus mauvais que d'autres.

Eunice retenait peu de chose de cette doctrine qui, de toute façon, était plus implicite que proclamée. Elle aimait cette vie sociale, la première qu'elle ait jamais connue. Les adeptes étaient ses contemporains ou ses aînés. Personne ne la questionnait sur sa vie, et chacun se montrait amical, car on voyait en elle une future adepte.

Mais Eunice était bien déterminée à ne pas se convertir et cela pour la raison habituelle : on lui aurait demandé de distribuer des brochures et il était inutile d'attirer l'attention sur son ignorance.

— Je vais y réfléchir, répondait-elle quand Joan la pressait, c'est un grand pas à franchir.

— Un pas que vous ne regretterez jamais. Le fils de l'homme est venu comme un voleur la nuit, mais la vierge folle avait laissé éteindre la lampe, ne l'oubliez pas, Eun.

Cet échange eut lieu par un après-midi pluvieux où Eunice était allée prendre une tasse de thé chez son amie et chercher sa provision hebdomadaire de chocolats. Les deux femmes étaient sur le pas de la porte lorsque Jacqueline sortit de chez Mrs. Cairne. Elles ne la virent pas, et Jacqueline remarqua que leur comportement n'était pas celui d'une commerçante avec une cliente. Joan riait. Eunice lui serra la main et se retourna pour lui faire des signes d'adieu. Jacqueline monta dans sa voiture et rattrapa Eunice sur le pont.

— Je ne savais pas que vous connaissiez Mrs. Smith, dit-elle quand Eunice fut montée dans la voiture.

— Je la vois de temps en temps.

Il n'y avait rien à répondre à cela. Jacqueline ne pouvait dicter à sa servante le choix de ses amis. Ce n'était pas son jour de sortie, mais il n'en avait plus été question depuis les vacances. Elle sortait quand elle le voulait. Après tout, pourquoi pas? Ce n'était pas comme si elle avait négligé son travail. Mais Jacqueline qui, jusque là, avait toujours chanté les louanges d'Eunice, se sentit soudain mal à l'aise. Assise à côté d'elle, Eunice mangeait ses chocolats. Elle mâchait bruyamment, avec une sorte d'ostentation. N'était-il pas bizarre qu'elle n'ait pas songé à offrir un chocolat à Jacqueline? En aucune circonstance, celle-ci n'en eût accepté, néanmoins...

Et ces adieux interminables avec Mrs. Smith comme si

elles étaient intimes... Voilà qui ne plairait certainement pas à George.

Aussi, ce soir-là, se crut-elle obligée de vanter encore davantage les mérites d'Eunice en faisant remarquer comme l'argenterie brillait.

A Galwich, Melinda Coverdale avait cédé aux ardeurs de Jonathan Dexter. C'était arrivé après avoir partagé une bouteille de vin dans la chambre de Jonathan alors que Melinda avait manqué son autobus. Naturellement, le vin et l'autobus n'étaient que des prétextes. Tous deux avaient spéculé sur ces incidents, mais c'étaient des excuses pratiques pour le lendemain. Melinda n'en avait pas besoin, car elle était heureuse de voir Jonathan tous les jours et de passer la plupart des nuits dans sa chambre. L'étymologie des mots anglo-saxons et le livre de Baugh sur l'histoire de la langue anglaise furent délaissés pendant une quinzaine de jours. Quant à Goethe, Jonathan avait trouvé ses affinités électives ailleurs.

A Lowfield Hall, Jacqueline avait préparé quatre Christmas puddings dont l'un serait envoyé aux Caswall qui ne pouvaient venir pour Noël à Greeving avec les deux enfants. Elle se demandait qu'acheter à George, car George avait tout — et elle aussi. Eunice la regarda glacer le pudding, et Jacqueline s'attendit à ce qu'elle fît une remarque sentimentale quand elle plaça le père Noël en plâtre et les feuilles de laurier sur le gâteau, mais Eunice dit seulement qu'elle espérait que le pudding serait assez gros, et encore, elle ne déclara cela que lorsque Jacqueline lui eût demandé son opinion.

La déception au sujet de son voyage aux Indes avait éteint tout intérêt pour les religions orientales chez Giles. De toute façon, ce voyage n'aurait pas convenu à ses projets avec Melinda. Il se voyait partageant le même appartement que Melinda, en dévots catholiques, mais traversant de terribles crises de conscience pour maintenir la chasteté de leurs relations. Peut-être deviendrait-il prêtre, et Melinda se retirerait-elle dans un couvent. Ils pourraient se voir deux fois par an, avec une autorisation spéciale, et aller prendre le thé ensemble sans oser s'effleurer les doigts. Ou, comme Lancelot et Guinevere — mais sans avoir partagé le plaisir — se rencontrer dans une église ou ils échangeraient un long regard et se sépareraient sans avoir prononcé une parole. Mais avant de devenir prêtre, il lui fallait d'abord devenir catholique, et il cherchait quelqu'un à Stantwich pour faire son instruction. Le latin et le grec lui seraient utiles, aussi Virgile et Sophocle reçurent-ils toute son attention, et il se mit à lire Newman.

L'hiver avait dépouillé les bois et les haies des dernières feuilles. Des mouettes suivaient la charrue de Mr. Meadows en criant. La lumière magique du Suffolk devint opalescente. Des cheminées des cottages alentour s'élevaient de longs rubans de fumée des feux de bois.

— Que faites-vous le jour de la nativité de Notre-Seigneur? demanda Joan.

— Pardon? dit Eunice.

— Je parle de la Noël.

— Je reste à la maison. Il y aura des invités.

— C'est vraiment une honte de passer l'anniversaire de notre Divin Sauveur au milieu de cette bande de pécheurs. Il n'y en a pas un pour relever l'autre. Mrs. Higgs, celle qui fait de la bicyclette, a raconté à Norm que Giles fréquente des prêtres catholiques. Dieu veuille que vous ne soyez pas contaminée par ses semblables.

— Ce n'est encore qu'un gamin.

— Vous ne pouvez dire cela de son beau-père qui commet l'adultère en vivant avec une divorcée. Et il ose venir ici accuser Norm de tripoter le courrier! Ah! jusqu'où ira l'infidèle dans sa persécution de l'élu? Pourquoi ne venez-vous pas avec nous? Nous passerons une soirée tranquille, bien sûr, mais je peux vous assurer une bonne collation et la compagnie d'amis sincères.

Eunice répondit qu'elle viendrait. Elles buvaient le thé dans le salon délabré de Joan. Sur ces entrefaites, Norman entra pour dîner. Au lieu de lui préparer son repas, Joan se lança dans une répétition de sa confession :

— Vous avez mené une vie pure, Eun, aussi ignorez-vous ce qu'a été la mienne lorsque je livrais mon corps aux hommes de Sherphard's Bush, me soumettant sans protester à leurs plus vils désirs.

Le courage anima enfin Norman. Il avait bu deux whiskies au *Blue Boar*. Il avança sur Joan et la gifla. C'était une très petite femme et, sous le choc, elle tomba sur sa chaise en faisant un bruit de déglutition.

Eunice se leva calmement et se plaça délibérément devant son amie.

— Laissez-la tranquille.

— Dois-je encore entendre toutes ces horreurs?

— Oui, si vous ne voulez pas me trouver sur votre chemin!

Norman se détourna, tête basse. La confiance de Joan en son garde du corps était pleinement justifiée. Elle se redressa et dit sur un ton mélo-dramatique :

— Avec l'aide de Dieu, vous venez de me sauver la vie!

— Sottises que tout cela, dit Norman, vous me rendez malades toutes les deux, vous n'êtes qu'une paire de vieilles sorcières!

Joan se leva pour aller baigner son visage. Norman ne lui avait pas fait vraiment mal. Il était trop faible et trop timoré pour cela. Mais il se passa en elle quelque chose de psychologique. Cela apparut graduellement et ne se manifesta pas ce soir-là, sauf par un éclat plus vif de ses yeux, mais ce fut le point de départ qui déclencha le processus de sa folie qui devait se manifester deux mois plus tard dans un débordement fanatique.

CHAPITRE XIII

— Entrons par la porte principale, dit Eunice en revenant de la réunion de l'Epiphanie.

Elle savait que Joan ne serait pas la bienvenue à la
maison, mais celle-ci ne resterait pas longtemps, Eunice
devait seulement prendre ses mesures pour un mystérieux cadeau de Noël. Elles étaient presque en haut de
l'escalier, quand la porte de Giles s'ouvrit et il sortit.

— Il m'a toujours paru un peu demeuré, dit Joan en
retirant son manteau dans la chambre d'Eunice.

— Il ne dira rien.

Mais elle se trompait.

Giles n'aurait rien dit si on ne lui avait posé la question.
Ce n'était pas son genre. Il était descendu chercher son dictionnaire de grec et son paquet de *Philip Morris* qu'il
avait laissés dans le petit salon. Il y trouva sa mère seule,
occupée à regarder un concert de musique de chambre à
la télévision. George était sorti afin d'aller discuter avec
le général sur la construction de quatre nouvelles maisons près de la rivière. Jacqueline leva la tête en souriant.

— Oh! c'est toi, mon chéri! J'ai cru entendre quelqu'un
dans l'escalier, mais j'ai pensé que c'était Miss Parchman
qui rentrait.

A l'occasion, il arrivait à Giles de prononcer une phrase
au lieu de répondre par monosyllabes. Du reste, il aimait
tendrement sa mère, aussi se força-t-il à faire la conversation.

— C'était bien elle, en compagnie de cette vieille toquée.

— Quelle vieille toquée? Que veux-tu dire, Giles?

Il ignorait le nom des gens du village, car il n'y allait
jamais s'il pouvait l'éviter.

— Cette folle aux cheveux jaunes.

— Mrs. Smith?

Giles hocha la tête et ramassa son dictionnaire et ses
cigarettes.

— Oh! chéri, il ne faut pas traiter les gens de fou, mais
attends une minute, s'il te plaît. Ne pourrais-tu rester
avec nous le soir une fois de temps en temps? Tu ne dois
pas avoir autant de travail que tu le prétends. Tu deviens
un véritable ermite, comme cet homme qui restait assis
en haut de sa colonne!

Giles hocha à nouveau la tête en grattant un de ses
boutons d'acné. Finalement il déclara :

— Saint Simeon Stylite, et sortit lentement en laissant
la porte ouverte.

Exaspérée, Jacqueline se leva pour la fermer. Pendant
un moment, le concert étant terminé, elle resta immobile
en pensant combien elle aimait son fils, combien elle était
fière de ses succès scolaires et combien elle aurait été
plus heureuse s'il avait ressemblé davantage aux enfants
de George. Puis elle songea à ce qu'il lui avait dit de Joan
Smith, mais avant qu'elle ait eu le temps d'approfondir la
question, George revint.

— Eh bien, je crois que nous allons leur mettre des
bâtons dans les roues, déclara-t-il, ou bien ce terrain est
classé parmi les sites protégés ou il ne l'est pas. Tu m'as
dit que le conseil de la paroisse y était également opposé,
n'est-ce pas?

— Oui, dit Jacqueline d'un ton distrait. George, Mrs.
Smith est en haut. Elle est venue avec Miss Parchman.

— Je pensais bien avoir reconnu sa camionnette dans
le chemin. Comme c'est ennuyeux!

— Chéri, je ne veux pas de cette femme dans la maison. Je sais que c'est ridicule, mais cela me rend malade de la savoir là. Elle raconte partout que Jeoffrey à divorcé à cause de toi et qu'il est devenu alcoolique par ma faute. Je *sais* qu'elle a décacheté la dernière lettre d'Audrey.

— Ce n'est pas ridicule du tout. Cette femme est une menace. Lui as-tu parlé?

— Je ne l'ai pas vue. C'est Giles qui l'a rencontrée dans l'escalier.

George ouvrit la porte du salon. A cet instant précis, Eunice et Joan descendaient sans bruit dans l'escalier sombre. Il alluma la lumière et s'avança au devant d'elles.

— Bonsoir, Mrs. Smith.

Eunice fut décontenancée, mais pas Joan.

— Oh! bonsoir, Mr. Coverdale. Il y a longtemps que nous ne nous étions vus. Il fait froid, mais on ne peut guère s'attendre à autre chose à cette époque de l'année.

George ouvrit la porte d'entrée et la tint grande ouverte.

— Adieu, dit-il sèchement.

— Au revoir! fit-elle en riant comme une écolière qui a été surprise à faire le mur.

Il referma pensivement la porte. Quant il se retourna, Eunice avait disparu. Mais le lendemain, avant le petit déjeuner, il alla la trouver dans la cuisine. Elle était occupée à faire griller des toasts. Il avait pensé qu'elle était timide et avait attribué ses bizarreries à cette timidité, mais maintenant, il se rendait compte qu'il n'en était rien. Elle se retourna pour le regarder comme une vache l'avait fait un jour qu'il s'était trop approché de son veau. Elle ne prononça pas un mot, car elle savait pourquoi il était venu. Un violent sentiment d'antipathie l'envahit, et il regretta la cuisine en désordre et la jeune fille au pair inefficace.

— Je crains d'avoir quelque chose de désagréable à

vous communiquer, Miss Parchman, aussi serai-je aussi bref que possible. Ma femme et moi ne souhaitons pas intervenir dans votre vie privée; vous êtes libre de fréquenter les amis que vous choisissez, mais vous devez comprendre que nous ne pouvons recevoir Mrs. Smith dans cette maison.

Pauvre George! Il était pompeux, mais qui ne l'aurait été en de telles circonstances?

— Elle n'a rien fait de mal, dit Eunice et quelque chose l'empêcha de dire « Monsieur ».

A partir de ce jour, elle n'appela jamais plus George « Monsieur », ni Jacqueline « Madame ».

— Je crois être meilleur juge en la matière. Cependant, vous avez le droit de savoir la raison de mon objection. Je ne pense pas que l'on puisse dire qu'une personne ne fait rien de mal quand elle répand des propos malveillants et qu'elle abuse de la position de son mari comme postier. Naturellement, je ne peux vous empêcher de rendre visite à Mrs. Smith chez elle, mais je ne veux pas qu'elle vienne ici.

Eunice ne posa aucune question et n'essaya pas de se défendre. Elle se retourna pour retirer les trois tranches de pain qui s'étaient carbonisées dans le grille-pain.

George n'attendit pas de réponse, mais en sortant de la cuisine, il crut l'entendre dire :

— Là, voyez ce que vous m'avez fait faire!

Il en parla dans la voiture avec Giles parce que celui-ci se trouvait là et qu'il semblait lui-même préoccupé.

— Vois-tu, je ne l'aurais pas avoué, mais j'ai toujours trouvé quelque chose de déplaisant chez cette femme. Je ne sais quel mot employer pour la décrire, elle est...

— Répugnante, dit Giles.

— Exactement, c'est bien le mot. Elle me donne parfois le frisson. Mais que pouvons-nous y faire, Giles, mon garçon? Sinon la supporter?

— Mmnnn

— Peut-être que j'exagère les choses. Après tout, elle a ôté un énorme poids des épaules de ta mère.

— Mmnnn, proféra encore Giles avant de se plonger dans Ovide.

Jacqueline laissa un mot à la cuisine pour dire qu'elle serait absente toute la journée. Elle ne voulait pas voir Eunice qui était en haut, occupée à faire « la salle de bains des enfants ».

Il était regrettable, pensait-elle maintenant, que Giles lui ait dit avoir vu Mrs. Smith, et plus regrettable encore qu'elle l'ait impulsivement répété à George. Eunice pourrait bien partir, ou menacer de le faire. Jacqueline traversa le village pour aller chez les Jameson-Kerr, et quand elle vit les vitres sales, la poussière partout et les mains rouges de son amie, elle se dit qu'elle devait garder sa servante coûte que coûte et que la présence occasionnelle de Joan Smith était un faible prix à payer.

Joan aperçut la voiture et enfila son manteau.

— Tu vas à Lowfield Hall, je suppose, dit Norman. Je me demande pourquoi tu ne vas pas vivre là-bas avec Miss Frankenstein.

A l'encontre de ses habitudes, Joan ne déversa pas de citations bibliques sur la tête de son mari. Elle se retourna comme un roquet en colère :

— Ne dis pas un mot contre elle! Je lui dois la vie.

Mâchant son chewing-gum, Norma haussa les épaules :

— Beaucoup de bruit pour une petite gifle!

Elle sauta dans la camionnette et traversa la pont à toute allure. Eunice était dans la cuisine remplissant la machine à laver de linge sale.

— Je l'ai vue passer dans sa voiture, alors je suis venue aux nouvelles. Y a-t-il eu une scène hier soir?

— Je ne sais pas de quoi vous voulez parler, dit Eunice

en mettant la bouilloire sur le feu. Il a dit que vous ne deviez plus venir ici.

La réaction de Joan fut violente :

— Je le savais! Je le prévoyais depuis longtemps! Ce n'est pas la première fois que les serviteurs de Dieu sont persécutés, Eun, et ce ne sera pas la dernière. Regardez tout ce que vous faites pour eux. Il devrait vous payer deux fois plus si vous n'aviez pas cette misérable petite chambre en haut, mais il n'y pense pas! Après tout, il n'est rien de plus que votre propriétaire, et depuis quand un propriétaire a-t-il le droit d'intervenir dans les fré-quentations d'un locataire? Même sa fille le traite de fasciste. Ses propres enfants s'écartent de lui. Malheur à celui qui méprise le Seigneur!

Peu émue par ce discours, Eunice regardait fixement la bouilloire. Elle n'éprouvait aucune affection pour Joan et n'était pas poussée par un sentiment de loyauté à son égard, mais elle sentait confusément que ce qui s'était passé la veille affectait sa vie. Finalement, elle déclara de sa voix la plus calme :

— Je n'ai pas l'intention de tenir compte de ce qu'il a dit.

Joan éclata d'un rire strident. Elle était follement heureuse.

— C'est cela, Bravo, mon Eunice! Vous le ferez plier. Vous lui prouverez que tout le monde n'obéit pas à son coup de sifflet!

— Je vais faire le thé, dit Eunice, tenez, regardez le mot qu'elle a laissé, j'ai oublié mes lunettes en haut.

CHAPITRE XIV

Au cours du trimestre, Melinda n'était venue que trois fois à la maison. Jonathan partait pour la Cornouailles chez ses parents et y resterait jusqu'au nouvel an. Il avait invité Melinda à l'accompagner, mais rien, ni personne, pas même Jonathan, n'aurait empêché Melinda de passer Noël à Lowfield Hall. Les deux amoureux se séparèrent avec des promesses de se téléphoner tous les jours et de s'écrire souvent et Melinda prit le train pour Stantwich.

Une nouvelle fois, elle rencontra Geoff Baalham à Gallows Corner, ce qui n'était pas très étonnant car Geoff revenait toujours de sa tournée à la même heure, mais en décembre, il faisait nuit à cinq heures, et les vitres de sa fourgonnette étaient fermées. Melinda portait une veste afghan brodée et une haute toque en fourrure, mais toujours les mêmes bottes rouges, un peu plus usées.

— Salut, Melinda, vous vous faites rare. Ne me racontez pas que ce sont vos études qui vous retiennent ainsi à Galwich!

— Et quoi d'autre, Geoff?

— Un amoureux, à ce que l'on raconte.

— On ne peut avoir de vie privée ici. Faites-moi plutôt part des dernières nouvelles.

— Barbara attend un bébé. Il y aura un autre petit Baalham en juillet. Me voyez-vous en heureux père, Melinda?

— Cela vous ira à merveille. Je suis ravie, Geoff, faites mes amitiés à Barbara.

— Je n'y manquerai pas. Que vous dire d'autre? Ma tante Nellie a fait une chute de bicyclette, elle est couchée avec un pied dans le plâtre. Avez-vous appris que votre père avait jeté Mrs Smith hors de chez vous?

— Ce n'est pas possible!

— Mais si! Il l'a surprise se faufilant dans l'escalier avec votre dame de Londres et lui a défendu de remettre des pieds chez lui. Il paraît qu'elle a des bleus sur tout le corps.

— Papa est un véritable fasciste. Cette histoire est vraiment terrible!

— Pas si terrible que ça quand on songe à tout ce que cette vieille toquée raconte sur vos parents et la façon dont elle décachette le courrier, à ce que l'on raconte. Eh bien, vous voilà arrivée. Dites à votre 'Man que je lui porterai des œufs lundi matin sans faute.

Geoff retourna vers Barbara et ses poulets en songeant quelle chic fille était cette Melinda... en dépit de son goût pour les chapeaux excentriques!

— Tu n'as pas vraiment jeté Mrs. Smith dehors en la rouant de coups, n'est-ce pas? dit Melinda en faisant irruption dans le petit salon où George, ayant recouvert le tapis d'un vieux drap, nettoyait ses fusils parce qu'il faisait trop froid dans la salle d'armes.

— En voilà une façon de parler à ton père que tu n'as pas vu depuis un mois! — George se leva pour l'embrasser. — Tu as bonne mine, ma chérie. Comment va ton amoureux? Qu'est-ce qui te fait croire que j'aurais pu porter la main sur Mrs. Smith?

— C'est Geoff Baalham qui me l'a dit.

— C'est ridicule. Je ne l'ai pas touchée. Je ne lui ai même pas parlé autrement que pour lui dire bonsoir. Tu devrais quand même savoir à quoi t'en tenir sur les cancans du village, Melinda!

Elle jeta son chapeau sur une chaise.

— Je te connais. Tu lui as quand même interdit de revenir, papa.

— Certainement, je l'ai fait.

— Oh! Pauvre Miss Parchman! C'est terriblement féodal d'agir de la sorte. Nous nous inquiétions parce qu'elle ne connaissait personne et n'allait nulle part et maintenant qu'elle a une amie, tu lui défends de la recevoir. C'est positivement honteux!

— Melinda!

— Je serai très gentille avec elle pour lui faire oublier tes mauvais traitements. Je ne peux supporter l'idée qu'elle n'a pas d'amis.

— C'est l'amie qu'elle s'est choisie qui ne me convient pas, dit George en haussant les épaules.

Ce soir-là, avec les meilleures intentions du monde, Melinda s'engagea dans une voie désastreuse qui devait conduire directement à sa mort, à celle de son père, de sa belle-mère et du fils de celle-ci. Elle s'y engagea parce qu'elle était amoureuse et désirait voir tout le monde heureux autour d'elle.

Après dîner, elle se leva et, au grand étonnement de Jacqueline, aida Eunice à débarrasser la table. Eunice n'était pas moins étonnée et mal à l'aise. Elle désirait tout ranger pour avoir le temps de regarder le feuilleton de huit heures, et ce garçon manqué tournant autour d'elle, en mélangeant les assiettes, l'agaçait.

Un sentiment de délicatesse envers son père empêcha Melinda de parler des événements du dimanche précédent. Elle employa une autre tactique, sans se douter qu'elle ne pouvait choisir un plus mauvais sujet.

— Votre prénom est bien Eunice, n'est-ce pas, Miss Parchman?

— Oui, dit Eunice.

— C'est un prénom biblique, mais naturellement vous le savez. Je crois qu'il est d'origine grecque. Eu-Nicey, ou peut-être Eu-nikey. Il faudra que je le demande à Giles, je n'ai pas étudié le grec à l'école.

Un plat fut placé un peu brusquement dans le lave-vaisselle. Melinda, qui n'était pas elle-même très soigneuse, n'y prêta pas attention. Elle s'assit sur la table en continuant à discourir :

— Je regarderai. C'est dans l'épître de Timothée, je crois... Mais bien sûr! Eu-nicey, mère de Timothée!

— Vous êtes assise sur mon torchon.

— Oh! pardon! Il faudra que je contrôle, mais il y a quelque chose sur « Ta mère Eu-nicey et ta grand-mère, Loïde ». Je suppose que votre mère ne s'appelait pas Loïde?

— Edith.

— Oh! ce doit être un nom anglo-saxon. L'origine des noms propres est fascinante, n'est-ce pas? Je pense que mes parents ont été heureux dans le choix des nôtres en nous appelant Peter, Paula et Melinda. Peter va venir la semaine prochaine. Il vous plaira. Si vous aviez eu un fils, l'auriez-vous appelé Timothée?

— Je ne sais pas, dit Eunice en se demandant pourquoi elle était soumise à une telle persécution.

George Coverdale le lui avait-il demandé ou bien voulait-elle se moquer d'elle? Sinon, pourquoi cette grande sauterelle riait-elle aussi niaisement? Eunice essuya l'évier d'un geste rageur.

— Quel est votre prénom favori? poursuivit Melinda.

Eunice n'avait jamais réfléchi à la question. Elle cita le nom du héros dont elle ne verrait pas les dernières aventures à la télévision si cet entretien se prolongeait :

— Steve, dit-elle en accrochant le torchon avant de sortir de la cuisine.

Melinda n'était pas mécontente. La pauvre vieille Parchman était visiblement ulcérée par l'affaire Joan Smith, mais elle s'en remettrait. La glace était rompue, et Melinda espéra, avec confiance, que de bons rapports s'établiraient entre elles avant la fin des vacances.

— Eu-ni-kay, dit Giles quand elle lui posa la question. Connais-tu l'histoire de cet homme qui rentre ivre chez lui à trois heures du matin et qui s'arrête pour regarder les noms des autres locataires. Il sonne chez quelqu'un appelé S. T. Paul et, quand le type lui ouvre, très en colère d'avoir été tiré de son lit, l'autre lui demande : « Dites-moi, mon vieux, recevez-vous jamais des réponses à vos épîtres? »

Giles éclata de rire de sa propre plaisanterie et s'arrêta brusquement d'un air rembruni. Il ne devrait peut-être pas raconter ce genre d'histoire avec sa conversion en vue.

— Tu es fou, vieux frère, dit Melinda.

Elle n'appréciait pas l'honneur qui lui était fait d'être la seule personne à qui Giles s'adressât en faisant des phrases. Melinda ne se souciait que d'Eunice sur qui elle se précipita le lendemain, armée de la Bible, et le jour suivant d'un dictionnaire des noms propres. Elle lui prêta des magazines, lui apporta les journaux que George ramenait le soir et courut obligeamment lui chercher ses lunettes dans sa chambre quand Eunice déclara, comme toujours, qu'elle ne les avait pas sur elle.

Eunice était harassée au-delà de toute expression. Il était déjà assez pénible que Melinda et Giles fussent là toute la journée, empêchant ainsi Joan de venir la voir, sans encore avoir constamment Melinda derrière ses talons comme un petit chien.

— Bien sûr, dit Joan à qui elle alla raconter l'affaire, ils ont honte de leur conduite et ils vous envoient cette petite pour vous amadouer.

— Je ne sais pas, dit Eunice, elle me porte sur les nerfs.

Cependant, elle était désarmée devant Melinda et ne savait comment se débarrasser d'elle. A deux ou trois reprises, pendant que Melinda la haranguait avec ses noms bibliques et ses histoires de famille, elle était tellement exaspérée qu'elle se demanda ce qui arriverait si elle prenait un de ces longs couteaux de cuisine et s'en servait pour lui imposer silence. Elle ne songeait pas à ce qui se passerait ensuite, mais seulement aux conséquences immédiates, à cette langue enfin coupée et au sang giclant de cette gorge blanche.

Le vingt-trois décembre, Peter et Audrey Coverdale arrivèrent. Peter était un homme de trente-et-un ans, grand, au physique agréable. Par choix délibéré, lui et sa femme n'avaient pas d'enfant, car Audrey avait une carrière de bibliothécaire en chef à l'Université où son mari était professeur d'économie politique. Audrey aimait beaucoup Jacqueline. C'était une femme élégante, ayant quatre ans de plus que son mari, ce qui faisait d'elle la cadette de Jacqueline de seulement sept ans. Avant d'avoir ce poste de bibliothécaire, elle avait suivi des cours au conservatoire de musique où Jacqueline avait elle-même été élève avant son premier mariage. Les deux femmes lisaient les mêmes livres, partageaient le même amour passionné pour les opéras de Mozart. Elles aimaient la mode et parlaient chiffons. Une correspondance régulière s'était établie entre elles. Les lettres d'Audrey figuraient parmi celles censurées par Joan Smith.

Le couple n'était pas arrivé depuis plus de dix minutes quand Melinda insista pour emmener son frère et sa belle-sœur à la cuisine et les présenter à Eunice.

— Elle fait partie de la maison, c'est terriblement fasciste de la traiter comme un des appareils ménagers.

Eunice leur serra la main.

— Allez-vous partir pour Noël, Miss Parchman, demanda Andrey, qui se flattait, comme Jacqueline, d'avoir toujours une phrase prête en n'importe quelle circonstance.

— Non, dit Eunice.

— Quel dommage! Pas pour nous, naturellement, car nous y gagnerons, mais chacun aime être en famille pour Noël.

Eunice lui tourna le dos et prépara les tasses à thé.

— Où avez-vous déniché cette horrible femme? demanda un peu plus tard Audrey à Jacqueline, elle me donne la chair de poule car elle n'a rien d'humain.

Jacqueline rougit comme si elle était personnellement insultée.

— Vous ne valez pas mieux que George! Je ne souhaite pas m'en faire une amie. Dans son genre, elle est parfaite. Merveilleusement efficace et discrète. Je peux vous assurer qu'elle connaît son affaire.

— Comme le boa constrictor, dit Audrey.

Noël arriva.

George et Melinda apportèrent du houx pour décorer Lowfield Hall. Une branche de gui pendait au lustre du salon. Plus d'une centaine de cartes arrivèrent pour les Coverdale et furent suspendues au bout d'une ficelle par Melinda en un arrangement astucieux. Giles ne reçut que deux cartes personnelles, l'une de son père, l'autre de son oncle. Il les trouva hideuses et refusa de les épingler sur le mur de sa chambre où la citation du mois était « *S'aimer soi-même est le commencement d'une histoire d'amour* ». Melinda tressa des guirlandes avec du papier rouge, vert, bleu et jaune, comme elle le faisait depuis quinze ans. Jacqueline avait sur ce travail la même opinion que son fils sur les cartes de vœux, mais pour rien au monde, elle ne l'aurait avoué.

Le jour de Noël, le salon avait un air de fête. Les hommes étaient en smoking, les femmes en robe longue. Jacqueline portait un fourreau en velours crème, Melinda, une toilette rétro, en crêpe de Chine bleu foncé, rebrodé de perles. Ils ouvrirent leurs cadeaux et bientôt les papiers de couleur et les rubans dorés jonchèrent le tapis. Tandis que Jacqueline admirait le bracelet en or, présent de son mari, et que Giles regardait d'un œil enthousiaste, une collection reliée des œuvres de Gibbon, Melinda ouvrit le paquet contenant le cadeau de son père.

C'était un magnétophone.

CHAPITRE XV

Tout le monde but du champagne, y compris Giles. Sa mère lui avait intimé l'ordre de rester en bas, et il s'était résigné. Ce serait pire le lendemain, quand il y aurait la réception. Assise par terre en tailleur, Melinda lui racontait combien Jonathan était merveilleux. Tirant sur sa *Philip Morris*, Giles ne s'en offusquait pas. Après tout, Byron n'avait jamais été gêné pas l'existence du colonel Leigh, et Noël serait plus supportable si de tels entretiens avec Melinda se poursuivaient. Il se plaisait à penser que les autres avaient remarqué leurs apartés, et ces mystères l'enchantaient.

Loin de remarquer quelque chose au sujet de son fils, sauf pour se réjouir de sa présence, Jacqueline pensait au seul membre absent de la maison.

— Je me demande si nous ne devrions pas demander à Miss Parchman de s'asseoir à table avec nous pour déjeuner.

A l'exception de Melinda, un grognement désapprobateur lui répondit.

— Un véritable *Banquo* femelle, assura Audrey, et son mari fit remarquer que Noël était supposé être un jour de bonheur universel.

— Paix aux hommes de bonne volonté, dit George en riant, comme vous le savez, je ne trouve pas cette femme particulièrement agréable, mais Noël est Noël, il est triste de penser qu'elle mangera seule à la cuisine.

— Chéri, je suis si heureuse que tu sois de mon avis! Je vais lui dire de mettre un couvert de plus.

Mais Eunice n'était pas là. Elle avait rangé la cuisine, préparé les légumes et elle était partie au village. Là, dans le salon sans décoration, elle déjeuna, avec Joan et un Norman plus sombre que jamais, d'un poulet rôti et de petits pois en conserve, suivis d'un Christmas Pudding de la boutique. Eunice prit plaisir à ce repas, bien qu'elle eût préféré des saucisses.

Ils burent de l'eau et du thé fort ensuite. Norman avait acheté de la bière, mais Joan avait jeté la bouteille dans la poubelle. Elle s'exclama d'admiration devant le pull-over rose saumon tricoté par Eunice et l'enfila aussitôt en prenant des poses plastiques devant le miroir.

Eunice reçut une énorme boîte de chocolats et un cake aux fruits du magasin.

— Vous reviendrez demain, n'est-ce pas, Eun? demanda Joan.

Eunice passa donc le jour de Noël chez les Smith, laissant Jacqueline se débrouiller avec la préparation de la réception qui devait réunir trente personnes ce soir-là. Cette attitude eut sur Jacqueline un effet à double tranchant. Ce fut comme si elle était revenue aux jours où toute la charge de la maison reposait sur elle. En l'absence d'Eunice, elle appréciait celle-ci presque davantage que lorsqu'elle était là. N'était-ce pas ce qui arriverait de façon permanente si Eunice devait les quitter? En même temps, Jacqueline voyait sa servante comme Audrey, George et Peter la voyaient : une femme frustre et grossière qui allait et venait sans aucune considération et qui jugeait les Coverdale tellement à sa merci qu'elle n'en faisait qu'à sa tête.

Le jour de l'An passa. Peter et Audrey retournèrent chez eux. Ils avaient proposé à Melinda de venir avec eux pour la dernière semaine de vacances, mais elle avait refusé. Elle était inquiète, et chaque jour qui passait ajoutait à son anxiété. Melinda, toujours si gaie avait perdu son entrain et errait dans la maison comme une âme en peine, refusant toutes les invitations du village. George et Jacqueline pensaient que Jonathan lui manquait et, avec tact, ne posaient pas de question.

Et de cela, Melinda était très reconnaissante. Si ses craintes se confirmaient, elle devrait leur parler. Peut-être serait-il possible de se tirer de là sans que George soupçonnât rien? Les enfants comprennent leurs parents aussi peu que les parents les comprennent. Melinda avait eu une enfance heureuse et elle adorait son père, mais sa façon de penser était influencée par l'attitude de ses amis à l'égard de leurs parents.

De l'avis général, les parents étaient bigots, prudes, moralisateurs. En conséquence, les siens devaient être ainsi, et aucune expérience personnelle ne triomphait de cette conviction. Elle savait qu'elle était la fille préférée de George. Il serait d'autant plus déçu dans l'amour idéal qu'il lui portait. Elle imaginait son visage sévère et in-crédule s'il apprenait ce qui tracassait sa petite fille. Pauvre Melinda! Elle aurait été abasourdie si elle avait su que son père se doutait, depuis le début, de la nature de ses relations avec Jonathan. Tous en les regrettant, il en avait pris philosophiquement son parti en espérant qu'il y avait entre eux un véritable amour.

Tous les jours, naturellement, elle avait eu de longues conversations téléphoniques avec Jonathan. George le constaterait en réglant la note du téléphone, mais jusqu'à présent, elle ne lui avait soufflé mot de rien. Le 4 janvier, elle décida de lui parler. Ce serait un moment désagréa-ble à passer, moins cependant que de l'avouer à son père. Elle ne pouvait continuer à garder ce secret plus long-temps, surtout que ce matin même, elle avait été vio-lemment malade en se réveillant.

Elle attendit que George fût parti à son travail et Jac-queline et Giles pour Nunchester dans la seconde voiture. Eunice était en haut en train de faire les lits. Il y avait trois téléphones à Lowfield Hall : un dans le petit salon et deux postes annexes dans le hall et sur la table de chevet de Jacqueline.

Melinda s'installa dans le petit salon, et, alors qu'elle rassemblait son courage pour composer le numéro, Jonathan appela.

— Attends une minute, Jon, je vais fermer la porte, dit-elle.

Ce fut à l'instant précis où Melinda se levait pour fermer la porte qu'Eunice souleva le récepteur dans la chambre de Jacqueline. Elle n'essayait pas d'espionner, et les conversations de Melinda ne l'intéressaient pas. Mais on ne peut essuyer convenablement la poussière d'un appareil téléphonique sans le décrocher. Dès qu'elle entendit les premiers mots de Melinda, elle jugea qu'il était prudent d'écouter.

— Oh! Jon, c'est affreux, mais il faut que je te le dise tout de suite. Je suis enceinte. J'en suis sûre. J'ai été malade ce matin et j'ai déjà deux semaines de retard. Ce sera terrible si papa le découvre. Il va me détester! Que vais-je devenir?

Elle était prête à pleurer. Ravalant ses larmes, elle attendit dans un silence inquiétant. Jonathan répondit avec calme.

— Eh bien tu te trouves devant une alternative, Mel.

— Vraiment? Dis-moi ce qu'il faut faire, je ne vois pas d'autre solution que de me sauver et mourir de chagrin.

— Allons, chérie, ne dis pas de sottise! D'abord, tu peux toujours te faire avorter.

— Mais alors, papa l'apprendra sûrement, je ne pourrais être prise en charge par la Sécurité Sociale et je n'ai pas d'argent!

Melinda s'affolait visiblement de plus en plus. Comme la plupart des femmes dans cette situation, elle était aveuglée par une peur panique. Eunice se frotta le nez. Elle ne pouvait supporter plus longtemps ces absurdités.

Peut-être éprouvait-elle aussi un sentiment inconscient d'envie et d'amertume qui lui fit poser le récepteur sans le raccrocher. Il serait imprudent de le faire avant que la conversation fût terminée. Elle s'éloigna pour épousseter la coiffeuse et n'entendit pas la suite.

— Je n'approuve pas cette idée d'avortement, reprit Jonathan, ressaisis-toi, Mel, et sois calme. De toute façon, j'ai l'intention de t'épouser. J'espérais seulement pouvoir attendre que nous ayons nos diplômes et un emploi, mais peu importe maintenant, nous nous marierons un peu plus tôt que prévu, c'est tout.

— Oh! Jon! je t'adore! Il faut prévenir nos parents, bien que nous ayons tous deux plus de dix-huit ans, mais Jon...

— Il n'y a pas de mais! Nous allons nous marier et nous aurons notre bébé. Retourne demain à Galwich au lieu de la semaine prochaine. Je viendrai te rejoindre et nous ferons nos plans. O.K.?

Melinda, qui avait pleuré de désespoir, riait maintenant de bonheur. Elle irait retrouver Jonathan le lendemain et dirait à son père qu'elle allait chez son amie à Lowestoft. C'était affreux de lui mentir, mais c'était pour la bonne cause. Il valait mieux attendre de publier les bans pour le prévenir.

Le lendemain elle ne fut pas malade et sut que ses alarmes avaient été sans fondement. Les symptômes étaient sans doute dûs à son anxiété. Cependant, elle partit quand même et prit un taxi à la gare pour aller rejoindre Jonathan plus vite tant était grande son impatience de le revoir et de lui dire qu'elle n'allait pas avoir un bébé après tout.

Etre ainsi en possession du secret de quelqu'un rappela à Eunice l'époque où elle exerçait un chantage. C'était là une information que Joan Smith serait enchantée de connaître, elle qui reprochait toujours à Eunice de ne rien lui confier de la vie privée des Coverdale. Cependant, elle n'avait pas l'intention de lui en parler. Un secret partagé n'est plus un secret, surtout lorsqu'il s'agissait de quelqu'un d'aussi bavard que Joan. Non, Eunice garderait son secret jusqu'à ce qu'il lui soit utile.

Aussi, le lendemain soir, ne dit-elle rien en grimpant dans la camionnette verte qui l'attendait à Greeving Lane.

— J'ai remarqué que la petite Coverdale était retournée au collège hier, dit Joan, c'est un peu tôt, non? Elle va passer une semaine de co-habitation avec son amoureux. Elle tournera mal. Mr. Coverdale est le genre d'homme à la renier et à la jeter hors de la maison s'il apprend la vérité.

— Je ne sais pas, dit Eunice.

Le 6 janvier, jour de l'Epiphanie, douzième jour après Noël, le plus grand jour de l'année pour les disciples d'Elroy Camps, arriva. La réunion fut sensationnelle. Il y eut deux confessions publiques dont l'une rivalisa avec celle de Joan Smith, on chanta cinq hymnes, puis on mangea du cake au raisins en buvant du thé.

Joan se montra de plus en plus excitée jusqu'au moment où elle eut une sorte d'attaque. Elle tomba sur le sol agitant les bras et les jambes, en hurlant des prophéties. Deux femmes durent la transporter dans une pièce à l'écart pour la calmer, bien que les fidèles se montrassent plus satisfaits qu'inquiets de sa performance.

Seule, Elder Barnstaple, une femme sensée qui n'assistait aux réunions que pour faire plaisir à son mari, sembla troublée, mais elle se rassura en pensant que Joan en avait rajouté. Personne ne supposa la vérité. Joan perdait de plus en plus la tête et devenait complètement folle. Elle ressemblait à un nageur affaibli qui s'épuise en voulant s'accrocher à un rocher glissant. Elle ne parla presque pas sur le chemin du retour, mais elle était secouée par un petit rire nerveux qui résonnait de façon sinistre dans l'obscurité.

CHAPITRE XVI

La première neige tomba sur Greeving et le froid la givra.

Sur le mur de sa chambre, Giles avait apposé une citation de Saint Augustin « *Je t'ai aimé trop tard, O toi dont la beauté est si ancienne et si nouvelle, je suis venu trop tard pour t'aimer*! » Car sur le chemin de Rome, Giles n'avait pas trouvé toute la satisfaction qu'il attendait. Le père Madigan, plus habitué aux paysans de Tipperay, à leur ignorance et leur foi aveugle, ne semblait pas comprendre que Giles avait lu tout Aquinas avant d'avoir seize ans.

A Galwich, Melinda était idéalement heureuse avec Jonathan. Ils comptaient toujours se marier, mais pas avant qu'elle n'ait passé ses derniers examens dans quinze mois. Comme elle aurait besoin de trouver un emploi, elle travaillait dur. Le pâle soleil d'hiver poursuivait sa course dans un ciel délavé.

Le 19 janvier était le quarante-huitième anniversaire d'Eunice. Elle le remarqua, mais n'en parla à personne, pas même à Joan. Il y avait des années qu'elle ne recevait plus ni cartes, ni cadeaux ce jour-là.

Elle se trouvait seule à la maison lorsque le téléphone sonna à onze heures. Eunice n'aimait pas y répondre. Elle n'avait pas l'habitude de s'en servir, et cet appareil lui faisait peur. Finalement, devant l'insistance de la sonnerie, elle décrocha à contrecœur.

L'appel venait de George. Un nouveau directeur de la société devait venir déjeuner. Ensuite, il lui ferait visiter l'usine. George avait préparé un court résumé de l'histoire de la firme créée par ses grands-parents et il avait oublié ses notes à la maison.

— Les papiers dont j'ai besoin sont sur le bureau du petit salon, Miss Parchman. Je ne sais pas exactement où je les ai posés, mais ils sont attachés ensemble par un trombone et l'en-tête de la première feuille porte en lettres majuscules le titre : Entreprise Coverdale de 1895 à nos jours ».

Eunice ne répondit pas.

— Je vous serais reconnaissant de chercher ces papiers, dit George, j'ai envoyé mon chauffeur à la maison. Vous n'aurez qu'à les lui remettre dans une grande enveloppe.

— Très bien, dit Eunice.

— Je ne raccroche pas. Allez voir si vous les trouvez et venez me le dire, s'il vous plaît.

Le bureau était plein de papiers dont beaucoup étaient attachés ensemble par un trombone. Eunice hésita, puis elle raccrocha sans répondre à George. Aussitôt le téléphone sonna. Elle ne répondit pas et monta dans sa chambre. Le téléphone continua à sonner, puis ce fut la porte d'entrée. Eunice ne bougea pas de sa chambre. Bien qu'elle ne fêtât pas son anniversaire, elle trouvait désagréable d'être importunée ce jour-là.

George ne pouvait deviner ce qui s'était passé. Le chauffeur revint les mains vides, et le directeur repartit sans l'histoire de la fabrique Coverdale.

Lorsque George appela pour la sixième fois, Jacqueline, qui était allée chez le coiffeur à Nunchester, lui répondit enfin. Non, Miss Parchman n'était pas malade. Elle était seulement sortie se promener.

La première chose qu'il vit en rentrant chez lui, fut le document, bien en évidence sur son bureau.

— Qu'est-il arrivé, Miss Parchman? Ces papiers étaient très importants pour moi.

— Je ne les ai pas trouvés, répondit Eunice sans le regarder.

— Mais ils étaient juste au-dessus. Je ne comprends pas que vous ne les ayez pas vus! Mon chauffeur a perdu une heure pour venir les chercher. Même si vous ne les trouviez pas, vous auriez pu me le dire.

— La communication a été coupée.

George savait que c'était un mensonge.

— J'ai rappelé quatre fois!

— Le téléphone n'a pas sonné, répéta-t-elle avec entêtement en le regardant bien en face, pour le défier de prouver le contraire.

La colère étranglait les mots dans sa gorge. Elle lui tourna le dos.

George sortit de la pièce, désarmé par ce refus de prendre des responsabilités, de s'excuser ou de chercher un prétexte. Un début de rhume lui donnait mal à la tête. Il alla retrouver Jacqueline qui se maquillait devant sa coiffeuse.

— Ce n'est pas une secrétaire, chéri, dit-elle, répétant les mots qu'il avait prononcés quand elle hésitait à engager Eunice, il ne faut pas trop attendre d'elle.

— Est-ce trop lui demander que d'aller prendre quatre feuilles de papier sur un bureau et de les remettre au chauffeur? De plus, ce n'est pas ce qui me contrarie le plus. Je crois n'avoir jamais compris la signification du mot « insolence » avant d'avoir entendu Miss Parchman répondre au téléphone. Si un porc savait dire « allô » ce ne serait pas pire!

Jacqueline ne put s'empêcher de rire.

— Et par dessus le marché, elle m'a raccroché au nez! Pourquoi n'a-t-elle pas répondu quand j'ai rappelé?

— J'ai remarqué qu'elle n'aimait pas faire des choses qu'elle considère comme sortant de son domaine. J'ai également remarqué qu'elle n'aimait pas répondre au téléphone.

Elle parlait sur un ton léger, comme si elle voulait enlever de l'importance à l'incident.

— Cela ne sert à rien, chérie, dit George en posant la main sur son épaule. Il faut qu'elle s'en aille.

— Oh! non! George, je ne peux me passer d'elle! Tu ne peux pas me demander cela juste parce qu'elle a négligé ces papiers.

— Ce n'est pas uniquement pour cela. Il y a son insolence et sa façon de nous regarder. As-tu remarqué qu'elle ne nous appelait jamais par notre nom? Elle ne dit même plus « Monsieur » ou « Madame ». Non que j'y tienne, je ne suis pas snob; mais je ne puis supporter ses mauvaises manières et ses mensonges.

— George, je t'en prie, donne lui encore une chance. Que ferais-je sans elle? Je ne peux l'imaginer.

— Il y a d'autres domestiques.

— Oui, la vieille Eva et des jeunes filles au pair, dit Jacqueline avec amertume. J'ai eu un avant-goût de ce que cela serait à notre réception de Noël. Je ne me suis pas amusée un seul instant. J'ai fait la cuisine toute la journée, et le soir je n'ai pas eu un instant de répit.

— Est-ce pour cela que je dois supporter à longueur d'année une servante qui est aussi gracieuse qu'une porte de prison?

— Donne-lui encore une chance, George, je t'en prie!

Il capitula. Jacqueline aurait toujours raison. Paierait-il trop cher pour voir son épouse bien-aimée heureuse et détendue?

Néanmoins, George avait l'intention de réagir en prenant une attitude ferme avec Eunice. Ce n'était pas un homme faible, et il avait l'habitude de se faire obéir. Elle devait être réprimandée quand elle répondait à son salut

« bonjour, Miss Parchman » par un grognement et un haussement d'épaules.

Il ne le fit qu'une seule fois et sur le mode plaisant.

— Ne pourriez-vous me sourire quand je vous parle, Miss Parchman? Je ne sais pas ce que j'ai fait pour mériter ce regard sévère.

Il rencontra le regard plein d'appréhension de Jacqueline. Eunice ne parut pas l'avoir entendu et, à partir de ce moment-là, il comprit qu'il se heurterait toujours à un mur. Pour l'amour de Jacqueline, il continua à se montrer poli avec Eunice quand il la rencontrait, sans obtenir la réciproque.

Avec février, arriva une tempête de neige. Eunice n'avait jamais vu la campagne sous la neige autrement qu'en image ou à la télévision. Il ne lui était jamais venu à l'esprit que la neige pouvait gêner les gens ou changer leur vie.

Le matin du lundi 1er février, George était levé avant elle et réveilla Giles pour l'aider à creuser une tranchée dans l'allée âfin de pouvoir sortir la Mercedes. Aux premières lueurs du jour, Mr Meadows était sorti avec son chasse-neige pour dégager la route. George rangea une pelle et des bottes dans le coffre de la voiture et partit avec Giles pour Stantwich, harnaché comme un explorateur.

Les phares percèrent le petit jour triste, découvrant un paysage désolé, coupé d'arbres squelettiques. Jacqueline ne put sortir de quelques jours. Elle décommanda par téléphone son rendez-vous avec son coiffeur. Eva Baalham ne prit même pas la peine de téléphoner qu'elle ne pouvait venir. Tout le monde est habitué à ce genre d'inconvénients dans l'Anglie de l'Est.

Ainsi, Jacqueline se trouva-t-elle emprisonnée avec Eunice Parchman. Tout comme elle, les voisins avaient peur de sortir en voiture, et elle reçut peu de visites. Au point où elles en étaient arrivées, Jacqueline savait qu'il était inutile de discuter avec Eunice des conséquences des intempéries. Celle-ci acceptait la neige, comme elle acceptait le vent, la pluie ou le soleil. Elle balaya la neige sur les marches du perron et devant la salle d'armes, sans faire le moindre commentaire.

Elle vaquait à ses occupations en silence. Lorsque Jacqueline, incapable de se contenir, s'exclamait avec soulagement en entendant le bruit du moteur de la voiture, elle ne réagissait pas plus que si tout avait été normal.

Jacqueline commença alors à comprendre le point de vue de George. Etre enfermée seule avec Eunice n'était pas seulement déconcertant, mais oppressant, presque sinistre. Elle entrait dans une pièce d'un air résolu, son balai et son chiffon de poussière à la main. Un jour où Jacqueline était assise à son secrétaire, occupée à écrire à Audrey, son papier à lettre fut à demi soulevé sous son nez, tandis que le chiffon était silencieusement passé sous le bois verni.

Même quand, son travail terminé, Eunice montait dans sa chambre pour regarder le feuilleton de l'après-midi, Jacqueline avait l'impression que ce n'était pas seulement la neige qui pesait de tout son poids sur Lowfield Hall.

Jacqueline ne devait jamais se douter qu'en réalité, Eunice avait peur d'elle et que l'incident des papiers sur l'histoire de l'entreprise Coverdale l'avait fait rentrer complètement dans sa coquille. Elle était persuadée que si elle parlait ou permettait qu'on lui parlât, son ennemi, le monde imprimé, se lèverait pour l'assaillir.

Assise près d'un radiateur avec un livre, Jacqueline ne pouvait deviner qu'elle ne pouvait rien faire qui put lui attirer davantage la haine d'Eunice.

Tous les soirs, durant cette semaine-là, Jacqueline eut besoin de boire un double sherry pour se détendre avant le dîner.

— Est-ce que cela en vaut la peine? demanda George.

— J'ai téléphoné à Mary Cairne cet après-midi. Elle

affirme qu'elle accepterait cet abus de la situation et, plus facilement encore, cette insolence silencieuse, pour avoir une servante comme Miss Parchman.

George embrassa sa femme, mais il ne put résister au désir de lancer un sarcasme.

— Dis-lui de l'essayer... il est agréable de penser que Miss Parchman saura où aller quand je l'aurai fichue à la porte.

Mais il ne la mit pas à la porte, car le jeudi 4 février, il se produisit quelque chose qui devait distraire les Coverdale de leur mécontentement à l'égard d'Eunice.

CHAPITRE XVII

Les choses allaient trop loin pour Norman Smith. Lui aussi était coupé du reste du monde par la neige, avec un être humain qu'il ne pouvait supporter, seulement cet être humain était sa propre femme.

Dans le passé, Norman avait souvent traité Joan de folle, mais il ne pensait pas pour cela qu'elle avait perdu la raison. Maintenant, il était certain qu'elle était folle au sens clinique du mot.

Ils partageaient toujours le même lit, parce que c'était chez eux une habitude, mais il arrivait souvent maintenant que Norman ne trouvât plus sa femme à côté de lui quand il se réveillait au milieu de la nuit. Il l'entendait rire dans une autre pièce, ou chanter des hymnes de l'Epiphanie ou réciter des prophéties d'une voix haut perchée. Elle cessa aussi de nettoyer la maison et de balayer le sol de la boutique. Chaque matin, elle revêtait des vêtements bizarres, datant du temps où elle faisait le trottoir, et elle se peignait le visage comme un clown.

Norman se rendait parfaitement compte qu'elle aurait dû voir un médecin. Il aurait fallu la conduire chez un psychiatre, mais comment l'y obliger? Comment convenait-il de procéder? Le Dr Crutchley recevait deux fois par semaine à Greeving où il avait un cabinet. Norman savait que Joan refuserait de l'accompagner, et il ne pouvait aller consulter le médecin à sa place. De plus, il n'osait confier à personne les pires manifestations de sa folie

Depuis quelque temps, elle s'imaginait posséder un droit de censure sur tout le courrier qui lui passait entre les mains. Il essaya d'enfermer les sacs postaux dans un petit réduit, mais elle cassa la serrure avec un marteau. Elle était devenue experte pour décacheter les enveloppes à la vapeur. Il tremblait en l'entendant déclarer à Mrs. Higgs que Dieu avait puni Alan et Pat Nestead en tuant leur petit-fils, information que Joan avait tirée d'une lettre du père infortuné.

Et quand elle apprit à Mr. Meadows, le garagiste, que George Coverdale devait de l'argent à son marchand de vin, il attendit d'être seul avec elle dans la boutique pour la gifler. Joan lui cria que Dieu la vengerait et ferait de lui un lépreux qui n'oserait plus montrer son visage.

Le vendredi 5 février, quand le dégel eut commencé et que la route entre Greeving et Lowfield Hall fut devenue praticable, George Coverdale se rendit à la boutique du village dès neuf heures du matin. Ou, plus exactement, il entra après avoir frappé énergiquement à la porte, attirant ainsi Norman qui prenait son café.

— Vous êtes en avance, Mr. Coverdale, dit nerveusement Norman.

Il était rare que George franchît le seuil de sa boutique, et Norman sentait que sa venue ne présageait rien de bon.

— A mon avis, neuf heures du matin n'est pas une heure matinale. En général, je suis à mon bureau à cette heure-là, et si je n'y suis pas ce matin, c'est parce que j'ai à discuter avec vous d'une question qui ne peut être remise à plus tard.

— Oh! vraiment?

Norman aurait pu tenir tête à George, mais il perdit contenance quand Joan apparut, revêtue d'un peignoir sale, ses cheveux jaunes enroulés dans des bigoudis. George sortit une enveloppe de sa poche.

— Cette lettre a été décachetée et recollée, dit-il.

Il était parfaitement désagréable de penser que Joan Smith avait répandu le bruit au village qu'il devait de l'argent à son marchand de vin et que celui-ci le menaçait de poursuites. D'autant plus que cette lettre était le résultat d'une erreur de l'ordinateur, George ayant réglé la facture qui lui était réclamée indûment début décembre. L'incident avait été tiré au clair, et le commerçant s'était excusé, mais il enrageait de devoir se défendre devant ces gens.

— Il y a des traces de colle sur l'enveloppe, dit-il et à l'intérieur j'ai trouvé un cheveu blond qui doit appartenir à votre femme.

— Je ne sais pas, balbutia Norman Smith, utilisant inconsciemment le système de défense d'Eunice Parchman.

— Dans ce cas, le directeur des postes de Stantwich comprendra peut-être, répondit George, j'ai l'intention de lui écrire cet après-midi pour lui exposer les faits, sans oublier de préciser que ce n'est pas la première fois que j'ai des soupçons et que je demande une enquête officielle.

— Je ne peux vous en empêcher.

— Très juste. J'ai cru bon de vous prévenir à l'avance. Au revoir.

Jusque-là, Joan n'avait pas dit un mot, mais comme George se dirigeait vers la porte, elle s'avança comme une araignée sur sa proie et se tint, les bras en croix, contre la porte vitrée. Levant la tête, elle se mit à crier :

— Génération de vipères! Tenancier de bordel! Maudit soit l'homme impie qui commet l'adultère!

— Laissez-moi passer, Mrs. Smith, dit George d'un ton impératif.

— Maudit sois-tu, chien impudique! Dieu punit le riche qui prend la vie du pauvre. La vengeance de Dieu sera implacable!

Son visage était rouge et ses yeux injectés de sang.

— Voulez-vous retirer votre femme de mon chemin, Mr. Smith, dit George avec colère.

Norman haussa les épaules avec impuissance.

— Alors, c'est moi qui le ferai. Et si vous voulez me faire poursuivre en justice pour voie de fait, n'hésitez surtout pas!

Il repoussa Joan et ouvrit la porte. Assis dans la voiture, Giles regardait avec intérêt. Temporairement écartée, Joan revint à l'assaut et courut après George pour l'invectiver de plus belle. Elle s'agrippa à sa veste tandis que le vent glacial soufflait sur son peignoir mal fermé. Ses cris attirèrent Mrs. Cairne à sa fenêtre et Mr. Meadows devant sa pompe à essence. George ne s'était jamais trouvé dans une situation aussi ridicule. Il se secouait, comme pour faire lâcher prise à un animal répugnant.

Toute cette scène lui paraissait révoltante. S'il avait assisté à un tel spectacle d'un homme en colère et d'une femme à demi dévêtue qui s'accrochait à ses basques en lui criant des injures, il se serait détourné et éloigné au plus vite. Et voilà qu'il était un des protagonistes de l'histoire.

— Taisez-vous! Otez vos mains de là! C'est indigne, cria-t-il.

Alors, Norman Smith se décida enfin à sortir. Il empoigna sa femme et la ramena dans la boutique. Avec ce qui lui restait de dignité, George remonta dans sa voiture et démarra. Pour une fois, il se félicita du détachement de Giles. Le jeune garçon souriait vaguement.

— Folle à lier, déclara-t-il avant de retomber dans un de ses silences lourds de pensées.

L'incident marqua George pour le reste de la journée. Il écrivit au directeur des postes de Stantwich, sans mentionner la scène du matin ou insinuer qu'il avait une raison particulière de soupçonner les Smith.

— Espérons que nous aurons un week-end tranquille, dit-il le soir à Jacqueline. Après avoir été obligé de batailler toute la semaine avec la neige, pour finir par cette scène ce matin, j'ai eu mon compte de désagréments. Nous n'allons nulle part et n'avons pas d'invités, j'espère?

— Nous allons seulement chez les Archer demain après-midi, chéri.

— Prendre le thé avec le curé de la paroisse est exactement le genre de lénitif dont j'ai besoin en ce moment.

Melinda ne devait pas venir, et Giles ne comptait guère. Jacqueline s'inquiétait parfois de son silence. Elle se demandait que penser de sa dernière citation du mois « *J'espère ne jamais plus commettre de péché mortel, ni même de péché véniel si je peux l'empêcher* ».

C'était la dernière maxime que Giles devait jamais épingler sur le mur de sa chambre. Il était peut-être fatidique qu'il ait choisi les dernières paroles attribuées à Charles VII, roi de France.

Finalement, Melinda arriva à Lowfield Hall dans la soirée. Elle n'était pas revenue à la maison depuis le 5 janvier. Elle avait l'intention de venir le 13 février pour l'anniversaire de son père, mais elle trouvait le temps long.

Sans prévenir, elle débarqua à Stantwich au coucher du soleil et la nuit était tombée lorsqu'elle s'arrêta à Gallows Corner. Geoff Baalham venait de passer dix minutes plus tôt. Ce fut Mrs. Jameson-Kerr qui la ramena et lui apprit que Jacqueline et George prenaient le thé au presbytère.

Melinda entra dans la maison par la salle d'armes et se rendit directement dans la chambre de Giles. Il était sorti. Il avait pris la Ford, et après un entretien avec le père Madigan, il était allé au cinéma.

La maison était bien chauffée, parfaitement bien rangée et silencieuse, à part le ronronnement provenant de la télévision de Miss Parchman. Melinda rangea son magnétophone dans un tiroir de sa commode et se changea pour enfiler une robe qu'elle s'était confectionnée dans une couverture indienne. Elle mit un collier en corail autour de son cou et un châle sur ses épaules. Satisfaite du résultat, elle descendit au petit salon où elle trouva des magazines qu'elle emporta à la cuisine.

Dix minutes plus tard, Eunice descendit à son tour pour sortir du réfrigérateur un poulet cocotte afin de le faire réchauffer pour le dîner. Elle trouva Melinda assise devant la table, un magazine ouvert devant elle. La jeune fille se leva avec courtoisie.

— Bonsoir, Miss Parchamn, comment allez-vous? Désirez-vous une tasse de thé, je viens d'en faire. Il est encore chaud.

— Pourquoi pas? dit Eunice, répondant pour une fois de façon plus gracieuse. Ils ne vous attendent pas, ajouta-t-elle en fronçant les sourcils.

Melinda aurait pu répondre qu'elle était chez elle, mais elle vit là une occasion d'être aimable avec cette pauvre Miss Parchman qu'elle avait tellement négligée avec le reste de la famille depuis le début de l'année. Aussi répondit-elle en souriant qu'elle s'était décidée au dernier moment. Miss Parchman voulait-elle du lait et du sucre?

Eunice acquiesça. Le magazine sur la table l'intimidait. Elle espérait que Melinda se plongerait dans sa lecture et la laisserait boire le thé qu'elle regrettait d'avoir accepté. Mais il était évident que Melinda n'entendait se concentrer dans sa lecture qu'avec la participation d'Eunice. Elle se mit à tourner les pages en faisant des commentaires, levant la tête de temps en temps pour sourire et tendant même le magazine à Eunice pour lui montrer une illustration.

— Je n'aime pas ces jupes à mi-mollet et vous? Oh! regardez la façon dont cette fille s'est fait les yeux. Il a dû lui falloir des heures! Je n'aurai jamais cette patience. Les robes des années quarante reviennent à la mode. S'habillait-on ainsi quand vous étiez jeune? Portiez-vous du rouge à lèvres rouge vif et des bas? Je n'ai jamais porté de bas de ma vie!

Eunice qui en portait toujours et n'avait jamais possédé de collants répondit qu'elle ne s'intéressait pas à la mode.

— Oh! c'est pourtant souvent drôle, dit Melinda en tournant une page. Voici un test de vingt questions pour savoir si vous êtes vraiment amoureuse. Je devrais essayer bien que je n'aie pas besoin de ça pour le savoir. Voyons, avez-vous un crayon?

Eunice secoua la tête.

— Attendez, j'en ai un dans mon sac.

Eunice regarda Melinda se lever en espérant qu'elle irait s'installer, avec son magazine et son maudit crayon, ailleurs que dans sa cuisine. Melinda revint s'asseoir sur sa chaise.

— Question N° I : préférez-vous être avec lui plutôt... Oh! il y a les réponses en bas, ce n'est pas amusant. Savez-vous ce que nous allons faire? Vous allez me poser les questions et vous ferez une croix à chaque réponse.

— Je n'ai pas mes lunettes, dit Eunice.

— Mais si, elles sont dans votre poche.

En effet! Celles avec la monture en imitation écaille qui étaient supposées être ses lunettes pour lire. Eunice ne les mit pas. Elle ne savait que faire. Impossible de dire qu'elle était occupée. Occupée à quoi?

— Tenez, dit Melinda en lui passant le magazine, nous allons bien nous amuser.

Eunice le prit à deux mains et s'efforça de se rappeler la première question formulée par Melinda.

— Préférez-vous être avec lui plutôt que...

Melinda prit les lunettes dans la poche d'Eunice et les lui tendit. Celle-ci se sentit acculée. Une rougeur couvrit son visage. Elle regarda Melinda et ses lèvres se mirent à trembler.

Si seulement Eunice avait su en profiter! Car Melinda

sauta aussitôt à une conclusion erronée. Miss Parchman avait déjà réagi ainsi quand Melinda lui avait demandé quel nom elle aurait donné à son fils si elle en avait eu un. De toute évidence, il y avait dans son passé un souvenir douloureux et sans aucun tact, elle venait de rouvrir une blessure d'un ancien amour déçu. Pauvre Miss Parchman qui avait été amoureuse et était maintenant une vieille fille!

— Je ne voulais pas vous bouleverser, dit-elle avec douceur, je suis navrée si je vous ai blessée.

Eunice ne répondit pas. Elle ne comprenait pas ce que diable cette fille voulait dire. Melinda prit son silence pour un signe de détresse et elle fut prise du désir de faire quelque chose pour distraire Eunice.

— Je suis vraiment désolée. Faisons plutôt le questionnaire de la page suivante, voulez-vous? Il s'agit de savoir si l'on est bonne ménagère. Nous allons y répondre à tour de rôle et c'est vous qui allez obtenir les meilleures notes.

Melinda lui tendit les lunettes avec un sourire encourageant.

Eunice aurait dû se servir de la mauvaise interprétation de Melinda et prétendre qu'en effet, cette conversation l'avait émue. Elle aurait alors pu quitter la pièce avec dignité et les choses en seraient restées là. Une telle conduite lui aurait valu la sympathie des Coverdale et aurait apporté une réponse à George. Quelle était l'origine de l'air maussade et de la dépression de Miss Parchman? Un chagrin d'amour! Mais Eunice n'avait jamais su manipuler les gens qu'elle ne comprenait pas. Elle se trompait régulièrement sur les suppositions qu'ils pouvaient faire et les conclusions qu'ils pouvaient tirer.

Elle crut seulement que son secret était sur le point d'être découvert et à cause du complexe d'infériorité que lui apportait ce sentiment, elle crut que Melinda avait deviné et se moquait d'elle en prétendant être désolée.

Melinda tenait toujours les lunettes entre ses doigts.

Eunice ne fit aucun effort pour les prendre. Elle essayait de penser. Que faire? Comment s'en sortir? Quelle mesure désespérée adopter?

Etonnée, Melinda leva la main et ce faisant regarda à travers les lunettes et s'aperçut que c'étaient de simples verres.

Son regard se tourna vers le visage rouge d'Eunice. Les morceaux de puzzle jusque-là inexplicables se mirent en place.

— Miss Parchman, dit-elle doucement, êtes-vous dyslexique?

Vaguement, Eunice pensa qu'il s'agissait d'une quelconque maladie des yeux.

— Pardon? fit-elle avec espoir.

— Je m'excuse, je veux dire, vous ne savez pas lire, n'est-ce pas?

CHAPITRE XVIII

Le silence dura une longue minute.

Melinda avait rougi, elle aussi. Mais, bien qu'elle fût consciente d'avoir enfin trouvé la vérité, sa sensibilité ne lui permit pas de comprendre à quel point cette découverte épouvantait Eunice. Melinda n'avait que vingt ans.

— Pourquoi ne nous avez-vous rien dit? Nous aurions compris. Beaucoup de gens sont dyslexiques, des milliers. J'ai fait une étude à ce sujet à ma dernière année de collège. Miss Parchman, voulez-vous que je vous apprenne à lire? Je suis sûre que je le pourrais. Ce n'est pas difficile, vous verrez. Nous pourrions commencer aux vacances de Pâques.

Eunice se leva et alla poser les deux tasses dans l'évier. Elle tournait le dos à Melinda. Puis, elle se retourna lentement et sans autre signe que son cœur battant, elle fixa la jeune fille d'un regard apparemment calme et implacable.

— Si vous répétez à quelqu'un que je suis le mot que vous avez dit, je raconterai à votre père que vous êtes allée avec ce garçon et que vous allez avoir un bébé.

Elle s'exprimait sur un ton si calme et si uni que tout d'abord Melinda comprit à peine. Elle avait mené une vie privilégiée et personne ne l'avait jamais menacée.

— Que dites-vous?

— Vous avez entendu. Si vous parlez, je leur dirai tout à votre sujet. Eunice n'avait pas l'habitude de proférer des insultes, mais elle trouva les mots : une sale petite putain, voilà ce que vous êtes, une sale petite putain qui se mêle de ce qui ne la regarde pas!

Melinda pâlit, les yeux agrandis d'horreur. Elle se leva et sortit de la cuisine en se prenant les pieds dans sa jupe longue. Arrivée dans le hall, elle se laissa tomber sur une chaise, près de la grande horloge. Elle resta assise là, sans bouger, jusqu'à ce que l'horloge sonnât six heures et que la porte de la cuisine s'ouvrît. Une nausée lui souleva le cœur et, à l'idée de revoir Eunice Parchman, elle se sauva dans le salon où elle se jeta sur le divan en sanglotant.

Ce fut là que George la trouva quelques minutes plus tard.

— Ma chérie, qu'y a-t-il? Que s'est-il passé? Il ne faut pas pleurer ainsi, dit-il en la prenant dans ses bras.

Il pensait qu'elle s'était disputée avec son amoureux et que, s'étant réfugiée à la maison, elle avait été déçue de la trouver vide.

— Raconte tout à papa, ajouta-t-il oubliant qu'elle avait vingt ans, dis-moi ce qui ne va pas et tu te sentiras mieux.

— Je vous laisse seuls tous les deux, dit Jacqueline.

George n'intervenait jamais entre elle et Giles. Aussi s'était-elle donné pour règle de ne jamais s'interposer entre lui et ses enfants.

— Non, Jackie, ne partez pas, dit Melinda en se redressant. Oh! j'ai été folle! Je vais tout vous dire, mais c'est si affreux!

— Du moment que tu n'es pas malade ou blessée, ce n'est pas bien grave, dit George.

— Oh! Mon Dieu! je suis si heureuse que vous soyez revenus!

— Melinda, je t'en prie, explique-toi.

— Je pensais que j'allais avoir un bébé, mais je m'étais trompée, dit précipitamment Melinda. Je suis la maîtresse de Jon depuis le mois de novembre. Je sais que tu vas être fâché et déçu, mais je l'aime et il m'aime. Tout va très bien et je ne vais pas avoir de bébé.

— Est-ce là tout? demanda George.

Sa fille le regarda avec stupéfaction :

— N'es-tu pas fâché contre moi? N'es-tu pas choqué?

— Pas même surpris, Melinda. Pour l'amour du ciel, me prends-tu pour un vieux croulant? Penses-tu que je n'ai pas remarqué combien les mœurs avaient évolué depuis ma jeunesse? Je ne dirai pas que je ne regrette pas le temps passé, je ne prétendrai pas que je ne préférerais pas que rien ne se fût passé entre toi et ce garçon. Je n'aimerais pas que tu renouvelles cette expérience avec un autre, mais je ne suis pas le moins du monde choqué.

— Papa, tu es un chou! s'écria-t-elle en se jetant dans ses bras.

— Et maintenant, tu vas peut-être nous expliquer pourquoi tu pleurais. Je suppose que tu ne regrettes pas de ne pas attendre un enfant.

Melinda eut un sourire mouillé de pleurs.

— C'est cette femme. Miss Parchman. C'est incroyable, papa, mais c'est vrai. Elle a tout découvert. Je suppose qu'elle a entendu une conversation que j'ai eue au téléphone à Noël avec Jon, et quand j'ai... découvert quelque chose à son sujet, elle a dit qu'elle allait tout te raconter. Elle m'a menacée de te dire que j'étais enceinte.

— Elle a... *quoi?*

— Je t'ai prévenu que c'était incroyable!

— Naturellement, je te crois, ma chérie. Si je comprends bien, cette femme t'a menacée de chantage? Quelles étaient ses paroles exactes?

— Oh! c'est affreux! Elle m'a traitée de putain.

Silencieuse jusque là, Jacqueline intervint :

— Elle doit partir, naturellement. Maintenant. Tout de suite.

— Je le crains en effet, Jackie, je sais ce que cela signifie pour toi de la perdre, mais...

— Inutile! Je n'ai jamais entendu quelque chose d'aussi révoltant de toute ma vie! George, il faut t'en charger toi-même, je ne saurais pas m'y prendre.

Il lui adressa un regard de reconnaissance pour sa loyauté, puis il se tourna vers sa fille.

— Qu'avais-tu découvert à son sujet, Melinda?

Question fatale! Il fut regrettable que George n'attendît pas pour la poser d'avoir renvoyé Eunice. Car la réponse de sa fille l'émut, alors que la raison profonde de cette réponse n'avait pas touché Mélinda, et il se sentit rempli de pitié.

Eunice croyait que sa menace avait réussi et la fierté d'avoir cloué le bec de cette péronnelle, mit du baume sur son cœur ulcéré. Melinda avait paru vraiment bouleversée. Elle ne trahirait pas Eunice car, comme Joan l'avait dit, son père la jetterait dehors.

Elle regardait une émission de variétés à la télévision en tricotant, quand on frappa à sa porte. A n'en pas douter, c'était Melinda. L'expérience d'Eunice lui avait appris qu'après le premier moment de stupeur passé, ils reviennent tous vous supplier de ne rien dire. Elle ouvrit la porte.

George entra.

— Vous devinez ce qui m'amène, Miss Parchman. Naturellement, ma fille m'a tout raconté. Je suis navré, mais je ne peux garder à mon service une personne qui menace un membre de ma famille, aussi devrez-vous partir aussi vite que possible.

Ce fut un choc terrible pour Eunice qui ne répondit pas. Le programme de la télévision s'était interrompu pour diffuser de la publicité et celle-ci consistait en une liste de noms de magasins. George éteignit le poste en disant :

— Nous allons fermer l'appareil, si vous permettez. Ce programme ne peut guère vous intéresser, de toute façon.

Eunice comprit. Elle, qui était dénuée de toute sensibilité à tant d'autres égards, possédait une perception subtile à ce sujet. En la regardant, devant sa rougeur et son visage décomposé, George comprit qu'il était allé trop loin.

— Vous n'avez pas de contrat, reprit-il vivement, aussi pourrais-je vous demander de partir sur-le-champ, mais tout bien considéré, vous pouvez rester une semaine. Cela vous permettra de chercher une autre place. Entre-temps, je vous demande de rester dans votre chambre et de laisser le travail de la maison à ma femme et à Mrs. Baalham. Je suis disposé à vous donner un certificat concernant vos qualités professionnelles, mais je ne dirai rien de votre intégrité.

Il sortit et ferma la porte.

Il était difficile d'imaginer Eunice Parchman en pleurs, et, en effet, elle ne pleura pas. Seule dans une pièce où elle aurait pu donner libre cours à ses sentiments, elle n'en manifesta aucun. Elle ne poussa pas le moindre soupir. Elle alluma son poste de télévision et suivit le programme, peut-être un peu plus tassée sur son fauteuil.

Trois personnes avaient su qu'elle était illettrée, mais pour aucune d'elles cela n'avait été une révélation. Ses parents n'avaient jamais pensé que c'était important. Peu à peu, Mrs. Samson en était venue à accepter le fait, comme elle acceptait le fait qu'un enfant de Rainbow Street fût mongolien. Ce n'était pas un sujet dont on parlait, surtout avec Eunice. Personne n'avait jamais discuté la question avec elle. Jamais un groupe de personnes n'avait appris en même temps cette situation.

Au cours des jours qui suivirent, alors qu'elle était plus ou moins confinée dans sa chambre, Eunice ne songea pas du tout à trouver un autre emploi ou un endroit pour vivre. Le lendemain ne lui faisait pas peur car Mrs. Samson ou Annie Cole la recevrait si elle débarquait avec ses deux valises. Elle ne pensait exclusivement qu'à la découverte des Coverdale qui devait maintenant s'être répandue dans tout Greeving. Cette idée l'empêcha de sortir et d'aller au village, et un jour où Jacqueline était sortie et où Joan vint, elle ne répondit pas à ses appels et resta enfermée dans sa chambre.

Il lui semblait que les Coverdale passaient tout leur temps à discuter de son infirmité mentale et à s'en moquer. Elle avait raison en partie, car si George et Jacqueline n'avaient pas raconté l'histoire à leurs amis, poussés par un sentiment honorable et aussi parce qu'ils auraient eu l'air bien naïfs de ne rien avoir remarqué plus tôt, en revanche, ils en discutaient longuement entre eux, souhaitant que cette semaine s'achevât rapidement, car ils en avaient assez de s'enfermer au salon quand Eunice se glissait furtivement dans la cuisine pour y prendre ses repas.

Peu soucieuse d'un sentiment de loyauté envers son amie, Eunice ne songeait qu'à éviter Joan et à s'échapper de Greeving sans la revoir. La situation était assez pénible sans la sollicitude de Joan et ses questions indiscrètes car Joan devait tout savoir.

Et en fait, Joan savait. Ou plutôt, elle savait qu'Eunice avait été renvoyée parce que Mrs. Higgs le lui avait confié mardi. Elle attendait la venue d'Eunice et se rendit à Lowfield Hall à la première occasion. N'ayant pu entrer, elle décida d'utiliser le seul moyen qui lui restait. Elle lui envoya un message.

Cette année-là, le jour de la St Valentin tombait un dimanche. Parmi les cartes d'anniversaire adressées à George qui arrivèrent le samedi se trouvait une enveloppe au nom d'Eunice. Jacqueline la lui remit en disant : Ceci est pour vous, Miss Parchman. Les deux femmes rougirent. Toutes les deux savaient qu'Eunice ne pourrait lire cette lettre.

Eunice remonta dans sa chambre et regarda avec stupéfaction un chérubin tenant une guirlande de roses autour d'un cœur bleu. L'autre côté était recouvert de caractères, pour elle, sybillins. Elle déchira la carte en mille morceaux.

George eut cinquante-huit ans le 13 février et des cartes ne cessèrent d'affluer « *Heureux anniversaire, Paula, Brian, Patrick et Petit Giles* » « *Affectueux souvenirs, Audrey et Peter* » « *Des tas de grosses bises, Melinda* » *P.S. J'arrive samedi après-midi* ». Giles lui-même avait envoyé une carte représentant une reproduction du *Paradis perdu* de Masaccio. Il n'alla pas jusqu'à offrir un cadeau, mais George reçut une montre pour remplacer celle qu'il portait à son poignet depuis vingt-cinq ans. Son fils lui offrit un portefeuille en crocodile et sa fille aînée un livre. Ce soir-là, ils devaient dîner en famille à l'auberge de Cattingham.

George alla chercher Melinda à la gare de Stantwich. Elle lui offrit une cravate qu'il trouva atroce, ce qui ne l'empêcha pas de la remercier avec effusion.

— Il serait temps que j'oublie toutes ces sottises à mon âge avancé dit-il, mais aucun de vous ne me le permettra.

En entrant à la maison, elle jeta un regard interrogateur à son père.

— Elle est en haut, fit-il avec un signe tête.

Melinda sourit :

— L'as-tu mise aux arrêts de rigueur?

— Dans un sens. Elle s'en va lundi.

Ils s'habillèrent pour sortir. Jacqueline avait mis sa robe en velours, Melinda sa robe à paillettes bleues. La famille était très élégante en pénétrant dans la salle de restaurant. Grand et mince, Giles lui-même avait belle allure dans son costume bleu-marine.

Plus tard, les garçons et les autres clients devaient regretter de ne pas avoir prêté davantage d'attention à cette table. La police posa des questions, mais personne ne se rappela une discussion entre les Coverdale qui aurait pourtant permis de solutionner l'affaire plus tôt.

Cette conversation roulait sur le programme de télévision qui devait être diffusé le lendemain soir, une retransmission, en italien, de *Don Giovanni*, de Mozart.

— Dois-tu absolument rentrer demain soir, Melinda? demanda George; il serait dommage de ne pas regarder cette émission qui est supposée être l'événement de l'année. Je te conduirai à Stantwich en voiture lundi matin de bonne heure, si cela t'arrange.

— Oui, c'est possible, je n'ai pas de cours lundi avant deux heures.

— Ce qu'il souhaite en réalité, Melinda, dit sa belle-mère en riant, c'est avoir un soutien moral pour conduire Miss Parchman à la gare.

— Pas du tout. De toute façon, Giles sera là.

Jacqueline et Melinda se mirent à rire. Giles leva la tête avec sérieux. Quelque chose l'émouvait. Sa conversion? L'anniversaire de George? Quelle qu'en fût la raison, elle lui inspira, pour une fois, une réponse juste :

— Je n'abandonnerai jamais Mr. Micawber.

— Merci, Giles, dit George.

Il y eut un petit silence durant lequel, sans se parler, ni même se regarder, Giles et son beau-père furent plus proches l'un de l'autre qu'il ne l'avaient jamais été. Avec du temps, ils seraient devenus des amis. Giles poussa gauchement son paquet de *Philip Morris* vers George qui en prit une en disant :

— Sérieusement, Melinda, pourquoi ne pas rester pour voir cette émission.

Ce n'était pas l'idée de voir l'émission qui faisait hésiter Melinda, mais celle de ne pas voir Jonathan. Depuis des semaines, ils avaient pris l'habitude de se rencontrer tous les jours et presque toutes les nuits. Il lui manquerait ce soir. Pouvait-elle envisager de passer une autre nuit loin de lui? Il semblait égoïste de refuser. Elle aimait son père. Lui et Jacqueline avaient été merveilleux la semaine dernière en apprenant cette horrible histoire.

Ils ne lui avaient fait aucun reproche, même pas une recommandation. Mais Jonathan...

Elle était arrivée à la croisée des chemins. Devant elle, la route bifurquait. L'un conduisait à une vie de bonheur tranquille, l'autre à la mort. Pas de chemin de traverse. Elle hésita et choisit :

— Je reste, dit-elle.

Derrière la vitrine du magasin, Joan Smith vit la Mercedes traverser le village. Cinq minutes plus tard, elle s'introduisait dans Lowfield Hall, par la salle d'armes, et elle surprit Eunice à la cuisine devant des œufs au bacon et un gâteau au citron.

— Oh! Eun! vous devez avoir le cœur brisé! La basse ingratitude de ces gens après tout ce que vous avez fait pour eux! Et pour un motif aussi insignifiant!

Eunice ne fut pas contente de la voir. Le motif insignifiant devait sûrement être son incapacité à lire. Son appétit satisfait, elle considéra Joan d'un air peu amène et attendit le pire.

— Vos valises sont prêtes, n'est-ce pas? Sans doute avez-vous déjà trouvé une place. Vous n'aurez pas de mal à faire apprécier vos brillantes qualités, mais je tiens à ce que vous sachiez que vous serez la bienvenue à la maison. Avez-vous reçu une lettre aujourd'hui?

— Pourquoi?

— Oh! elle rougit! Avez-vous un admirateur au village, Eun, qui vous écrit pour le jour de la St Valentin, patron des amoureux? Eh oui, ma chère, c'était moi! N'avez-vous pas reçu ma carte? Je savais qu'ils sortiraient ce soir et je vous disais que je viendrais.

Eunice avait supposé que Melinda lui avait adressé cette carte par moquerie, mais ce n'était pas la seule raison de son immense soulagement. Joan ne savait rien! En cet instant, elle éprouva pour Joan ce qui, chez elle, pouvait le plus ressembler à de l'affection. Elle aurait fait n'importe quoi pour elle. Ce fut presque avec exubérance qu'elle mit la bouilloire sur le feu tout en se torturant l'esprit afin d'inventer des détails sur son renvoi afin de satisfaire la curiosité de Joan. Elle promit à son amie de l'accompagner le lendemain soir au temple de Nunchester.

— Ce sera notre dernière sortie ensemble, Eun! Et moi qui comptais sur votre compagnie mercredi pour dîner avec Elder Barnstaple et sa femme. Mais Dieu ne se laisse pas bafouer en vain, vous vous redresserez dans toute votre gloire quand il sera en enfer et recevra la juste punition de toutes ses iniquités. Oh! oui, ils paieront leurs crimes!

Ecoutant tout cela d'une oreille distraite, Eunice ne servait pas moins Joan avec dévotion, lui coupant des tranches de gâteau et lui promettant de revenir la voir à la première occasion et même — mais oui! — de lui écrire.

Joan semblait posséder un instinct lui permettant de deviner quand elle pouvait rester et quand il était temps de partir, mais ce soir-là les deux femmes avaient tant de choses à se raconter que la camionnette venait à peine de tourner dans le sentier quand la Mercedes arriva.

Eunice était remontée dans sa chambre.

— Je vais me remettre au travail dès lundi, remarqua Jacqueline en s'asseyant devant sa coiffeuse. J'ai l'impression de terminer des vacances qui ont duré neuf mois. Ah! toutes les bonnes choses ont une fin.

— Les mauvaises aussi.

— Ne t'inquiète pas, chéri, je suis aussi heureuse que toi de la voir partir. As-tu passé une bonne soirée?

— J'ai passé une délicieuse soirée, mais tous mes jours sont heureux avec toi, Jackie.

Elle se leva en souriant et il la prit dans ses bras.

CHAPITRE XIX

Les Coverdale firent leurs dévotions à l'église le dimanche matin. Leur dernier matin. Le Révérend Archer prononça un sermon sur nos devoirs envers les personnes âgées. Après le service religieux, ils allèrent boire un sherry chez les Jameson-Kerr. Leur déjeuner en fut retardé et ils ne se mirent pas à table avant trois heures.

Le temps était incertain, humide avec un ciel gris, mais on sentait déjà les prémices du printemps.

Melinda avait téléphoné à Jonathan avant de se rendre à l'église et lui avait ainsi parlé pour la dernière fois. Giles assista à l'élévation durant la sainte messe. Bien qu'il ne fût pas encore reçu au sein de l'église, le bon père Cadigan avait écouté sa confession et lui avait donné l'absolution. Giles était donc peut-être le seul qui fût en état de grâce. George et Jacqueline firent la sieste et à cinq heures, George installa le poste de télévision dans le salon, branchant l'appareil à une prise entre les deux fenêtres.

Quand elle se réveilla, Jacqueline lut l'article sur *Don Giovanni* dans le journal de télévision, puis elle descendit préparer le thé.

A cinq heures vingt-cinq, Eunice traversa la cuisine, emmitouflée dans son manteau rouge foncé et engoncée par une épaisse écharpe et un bonnet de laine. Les deux femmes firent semblant de ne pas se voir. Eunice sortit par la salle d'armes et referma la porte derrière elle.

Melinda monta chercher son magnétophone et, passant la tête dans l'entrebâillement de la porte, dit à Giles qu'elle avait l'intention d'enregistrer l'émission.

— Je suppose que tu ne vas même pas descendre pour l'écouter, dit-elle.

— Je ne sais pas.

— J'aimerais que tu viennes. Cela me ferait plaisir que tu sois là.

— Très bien, je viendrai.

Sans coucher de soleil apparent, la triste journée d'hiver avait sombré dans une nuit noire. Il n'y avait ni vent, ni pluie. Autour de Lowfield Hall, les champs étaient nus, les sentiers déserts. Pourtant sur la route de Stantwich on apercevait les lumières du manoir comme une sorte d'oasis.

Joan et Eunice arrivèrent au temple de l'Epiphanie à six heures moins cinq. Durant les hymnes et les confessions, Joan se conduisit calmement, peut-être trop calmement. Plus tard, tandis qu'Eunice mangeait un cake aux raisins et que Joan racontait les détails de sa vie de pécheresse à un nouveau membre de la secte, Mrs. Barnstaple s'approcha pour lui dire assez sèchement qu'elle et son mari ne pourraient venir chez elle le mercredi suivant. Les Barnstaple habitaient Nunchester et Mrs. Barnstaple avait pris cette décision car, bien qu'elle reconnût en Joan une bonne pénitente qui avait avoué ses fautes et reçu le pardon de Dieu, elle ne se souciait pas d'écouter le récit de la vie passée de Joan en dînant chez elle. Joan prit cette dérobade comme une conséquence de l'enquête mise en route par George Coverdale. Elle réagit en poussant les hauts cris :

— Maudit soit l'homme méchant que répand la calomnie dans l'oreille de l'innocent! Que le Seigneur permette à son humble servante de le frapper de son glaive et d'être l'instrument de sa vengeance!

Joan ne citait pas forcément la bible. Elle s'exprimait

souvent sous forme de maximes qui, selon elle, auraient dû se trouver dans la bible.

Tout son corps frémissant d'énergie frénétique, elle poussa des cris rauques tandis que des filets de salive coulaient de ses lèvres. Pendant quelques secondes, les fidèles la regardèrent sans rien dire, mais lorsque Joan se mit à rouler des yeux blancs et à s'arracher les cheveux, Mrs. Barnstaple essaya de la maîtriser. Joan la repoussa avec rudesse et la pauvre femme tomba en arrière dans les bras de son mari.

Eunice n'osait pas intervenir alors que Joan était maintenant le point de mire de toute l'assemblée. Elle continuait à proférer des mots incompréhensibles en se balançant d'avant en arrière sur un rythme frénétique.

Puis, tout aussi brusquement qu'elle avait commencé, elle s'arrêta. Comme un médium s'éveillant d'un sommeil léthargique, un changement s'opéra en elle. L'instant d'avant, elle paraissait littéralement possédée, l'instant d'après, elle se laissait tomber, inerte et silencieuse sur une chaise. D'une petite voix, elle demanda à Eunice si elle était prête à partir.

Elles quittèrent le temple à sept heures vingt, Joan conduisant avec une prudence de débutante.

La famille était groupée autour du poste de télévision, George et Jacqueline, assis côte à côte sur le sofa, Melinda, accroupie par terre, aux pieds de son père, Giles affalé dans un fauteuil. Le magnétophone était branché. Une fois l'appareil mis en route, Melinda ne s'en occupa plus. Prise par l'opéra, elle s'identifiait à chaque personnage féminin. Elle était *Ana*, elle serait *Elvira* et plus tard, *Zerlina*. La tête appuyée contre le bras de son père, George était devenu à ses yeux le *Commendatore* qui se battait en duel et se faisait tuer pour sauver l'honneur de sa fille, bien qu'elle ne vît pas bien Jonathan en *Don Giovanni*.

Très élégante dans son pantalon vert et sa blouse dorée, Jacqueline griffonnait des critiques sur la marge du journal de télévision.

« Je lui couperai le cœur », chanta Elvira et ils eurent un sourire appréciateur, à l'exception de Giles. Il n'était là que pour faire plaisir à Melinda. L'âge de raison et les bonnes manières ne l'intéressaient guère. Il fut le seul à entendre des pas sur le gravier de l'allée à huit heures moins vingt, à la fin de la Scène Deux, car il était le seul à ne pas se concentrer sur la musique, mais naturellement il n'y attacha aucune importance.

L'air indigné, Jacqueline ajouta une ligne de commentaire à ses notes au début de la Scène Trois. Il était huit heures moins cinq; lorsque *Don Giovanni* chanta *O, guarda, guarda!*, la camionnette des Smith pénétra dans l'allée avec seulement les veilleuses allumées et vint s'arrêter devant la porte. Mais les Coverdale ne regardèrent pas dehors et n'entendirent aucun bruit. Pas même Giles.

La conduite de Joan, faisant zigzaguer la voiture d'un côté de la route à l'autre avait été une expérience éprouvante, même pour une femme aussi flegmatique qu'Eunice et elle poussa un soupir lorsque la camionnette s'arrêta le long de la pelouse.

— Entrez un instant, dit Eunice.

— Ce sera Daniel dans la fosse aux lions, dit Joan avec un petit sourire.

— Une tasse de thé vous calmera. Pourquoi n'entreriez-vous pas?

— J'aime votre esprit combatif, Eun, pourquoi n'entrerai-je pas en effet? Ils ne peuvent me tuer, n'est-ce pas?

Joan fit caler le moteur en voulant démarrer trop brusquement et ce fut Eunice qui dut desserrer le frein à main pour leur permettre d'approcher plus silencieusement. Elles laissèrent le véhicule sur l'allée un peu à l'écart du rai de lumière qui filtrait entre les rideaux tirés du salon.

— Ils regardent la télé, dit Eunice.

Elle mit la bouilloire sur le feu tandis que Joan furetait dans la salle d'armes.

— Pauvres petits oiseaux, dit-elle, ce n'est pas bien de les tuer, que lui avaient-ils fait?

— Que lui ai-je fait? demanda Eunice.

— Ce n'est que trop vrai.

Joan décrocha un des fusils et par jeu, visa Eunice :

— Bang! Bang! Vous êtes morte! Avez-vous jamais joué au gendarme et au voleur quand vous étiez enfant, Eun?

— Je ne sais pas. Venez. Le thé est prêt.

En dépit de son calme, elle était inquiète, craignant que la voix aiguë de Joan ne fût entendue du salon. Elles montèrent au premier étage, Eunice portant le plateau, mais elles ne devaient jamais arriver jusqu'en haut. Joan Smith ne devait plus revoir le domaine d'Eunice, elles ne devaient jamais se dire adieu. La porte de la chambre de Jacqueline était ouverte. Joan y entra et alluma.

Eunice remarqua une couche de poussière sur les surfaces polies. Le lit était moins bien fait que lorsqu'elle s'en occupait. Elle posa le plateau sur l'une des tables de nuit et tira l'édredon.

Joan fit le tour de la pièce sur la pointe des pieds, tout en continuant à émettre un petit rire nerveux. En arrivant devant la table de chevet de Jacqueline, elle prit la photographie de George et jeta le cadre par terre.

— Elle saura qui a fait ça, dit Eunice.

— Peu importe. Vous avez dit qu'ils ne pouvaient plus rien vous faire.

— Non.

Après une petite hésitation, elle prit la photographie de Jacqueline et la jeta sur le tapis de la même façon.

— Venez, allons prendre le thé.

— Je vais le verser, dit Joan.

Elle souleva la théière et versa le thé au centre du lit

sur l'édredon. Eunice eut un geste de recul, la main sur la bouche. Le liquide formait une petite mare, puis commença à s'infiltrer dans le tissu.

— Vous avez fait du joli! protesta Eunice.

Joan alla jusqu'au palier et écouta. Elle revint dans la chambre, prit une boîte de poudre sur la coiffeuse et la vida sur le lit. Un nuage de poudre rose se répandit et fit tousser Eunice. Joan se tourna alors vers la garde-robe.

— Qu'allez-vous faire? chuchota Eunice d'un ton éperdu.

Sans répondre, Joan décrocha une robe de soie rouge et, saisissant l'encolure à deux mains, elle tira. La frénésie grandissante de Joan était contagieuse. A son tour, Eunice plongea la main dans la garde-robe d'où elle sortit une robe plissée qu'elle avait repassée tant de fois. Elle saisit les ciseaux à ongles de Jacqueline pour taillader le corsage. Joan lui arracha les ciseaux des mains pour continuer à couper et déchiqueter jupes et corsages en poussant de petits cris d'excitation. Eunice marcha lourdement sur les vêtements épars, écrasant du talon les photographies encadrées. Elle ouvrit les tiroirs, jetant pêle-mêle autour d'elle, bijoux, cosmétiques, paquets de lettres. Un rire rauque la secoua, faisant écho au rire aigu de Joan. Toutes les deux étaient persuadées que la musique couvrait le bruit qu'elles pouvaient faire.

C'était vrai pour l'instant. Pendant que Joan et Eunice se livraient à ces débordements au-dessus de leurs têtes, les Coverdale écoutaient l'un des plus bruyants duos de tout l'opéra l'*aria Champagne*.

Jacqueline se leva pour aller faire du café, choisissant cette occasion parce qu'elle n'aimait pas Zerlina et craignait que l'artiste qui interprêtait ce rôle ne fît un gâchis de *Batti, Batti*. A la cuisine elle remarqua que la bouilloire était encore tiède et en conclut qu'Eunice devait être rentrée. Elle vit aussi le fusil sur la table et elle supposa que George l'avait posé là dans l'intention de le nettoyer et l'avait laissé pour aller regarder la télévision.

En entendant s'ouvrir la porte du salon et des pas dans le hall, Joan et Eunice se calmèrent. Elles s'assirent sur le lit en se regardant d'un air complice comme deux écolières en faute. Joan éteignit la lumière et elles attendirent dans le noir que Jacqueline fût retournée au salon.

Eunice regarda les éclats de verre et les vêtements déchirés et dit :

— Il va peut-être lancer la police après nous.

— Il ne sait pas que nous sommes là, répondit Joan les yeux brillants. Y a-t-il des cisailles dans la maison, Eun?

— Je ne sais pas. Peut-être dans la salle d'armes. Que voulez-vous faire avec des cisailles?

— Je suis contente que nous ayons fait cela, Eun. Oh! nous l'avons frappé là où il a péché : sur le lit de débauche. Je suis l'instrument de la vengeance du Seigneur! Je suis le poignard et l'épée de sa main droite!

— Si vous continuez à parler aussi fort, ils vont vous entendre, mais moi aussi, je suis contente que nous ayons fait cela.

Elles laissèrent le plateau sur la table et la théière au milieu du lit. La lumière était allumée dans le hall. Joan alla directement dans la salle d'armes et fouilla dans la boîte à outils de George.

— Je vais couper les fils du téléphone.

— Comme on le fait à la télé? dit Eunice. Elle avait cessé de protester et hocha la tête. Le fil passe au-dessus de la porte d'entrée. Cela les empêchera d'appeler la police.

Joan revint, un sourire satisfait aux lèvres.

— Qu'allons-nous faire maintenant?

Eunice n'avait pas pensé qu'elles pussent faire autre chose. Casser la vaisselle ici attirerait forcément l'attention et, police ou non, elle n'était pas de taille, avec cette maigrichonne pour toute aide, à tenir tête à quatre adultes.

— Je ne sais pas, dit-elle, mais cette fois sa réponse habituelle avait une note d'espoir.

— Ils seraient terrorisés si je tirais avec ça.

Eunice décrocha le second fusil.

— On ne le tient pas comme cela, dit-elle, mais comme ceci.

— Vous êtes un drôle de numéro, Eun, depuis quand êtes-vous un gangster en jupon?

— Je l'ai vu s'en servir. Je peux faire aussi bien que lui.

— Essayons.

— Ces fusils ne sont pas chargés. Il y a des cartouches dans ce tiroir. Je l'ai vu souvent nettoyer et charger ces armes. Ces fusils coûtent une fortune, deux cents livres pièces, je crois.

— Nous pourrions les casser.

— C'est ce que l'on dit quand on ouvre les fusils pour les charger.

Elles se regardèrent et Joan se mit à rire avec un bruit de gorge comme un poulet que l'on écorche.

— La musique s'est arrêtée, dit Eunice.

Il était neuf heures moins vingt-cinq. Le premier acte était terminé, à l'opéra et à la cuisine.

CHAPITRE XX

Dans l'intervalle entre les actes, Jacqueline versa une seconde tasse de café pour chacun d'eux. Melinda s'étira et se leva.

— C'est excellent, dit George, qu'en penses-tu, chérie?

— Je n'aime pas l'actrice qui joue *Zerlina*, répondit Jacqueline, elle est trop vieille pour le rôle et a une voix trop aiguë, George, n'as-tu pas entendu du bruit en haut pendant le menuet?

— Je ne crois pas. Ce devait être notre bête noire qui entrait furtivement.

— Elle ne fait jamais rien furtivement, dit Melinda, sournoisement serait plus juste. Oh! Seigneur! j'ai oublié d'arrêter le magnétophone!

— Je n'ai rien entendu de furtif ou de sournois, mais seulement un bruit de verre brisé.

— Ce doit être dans l'opéra au moment où ils trinquaient, dit Melinda, je suppose que c'est un phénomène d'acoustique...

Le reste de sa phrase fut interrompu par un cri aigu venant de la cuisine.

— George! s'écria Jacqueline, c'est cette Mrs. Smith!

— Crois-tu vraiment...?

— Elle doit être dans la cuisine avec Miss Parchman.

— C'en est trop, elle va bientôt être dehors avec son ordre de marche!

— Oh! papa, tu vas rater le début du deuxième acte.

Cette sale figure de Parchemin donne sans doute une soirée d'adieu.

— Je serai là dans deux minutes, dit George.

Il s'arrêta à la porte et regarda sa femme pour la dernière fois. S'il l'avait su, ce regard aurait été chargé de reconnaissance pour les six années de bonheur qu'il avait connues, mais il l'ignorait et il se contenta de pincer les lèvres avant de sortir dans le hall et de prendre le couloir pour aller dans la cuisine. Jacqueline eut envie de le suivre mais y renonça et s'installa contre les coussins du sofa au moment où le rideau se levait sur le deuxième acte avec la querelle entre *Leporello* et son maître. Le magnétophone était branché. *Ma che ti ho fatto, che vuoi lasciarmi?* Mais que t'ai-je fait pour que tu veuilles me quitter? *O niente in fatto, quasi ammazzarmi!* Oh! rien du tout, mais cela m'a presque tué!

George ouvrit la porte de la cuisine et s'arrêta stupéfait. Sa servante se tenait debout devant la table, les cheveux ébouriffés, le visage empourpré. De l'autre côté, se dressait la silhouette efflanquée de Joan Smith. Chacune d'elles tenait un fusil pointé sur lui.

— C'est monstrueux! dit George quand il eut retrouvé sa voix, posez immédiatement ces fusils!

Joan fit entendre un ricanement :

— Bang! Bang! fit-elle, puis le souvenir d'un film de guerre lui revenant en mémoire, elle cria « *Hande hoch* »!

— Heureusement pour vous, il n'est pas chargé, dit calmement George, je vous donne, ainsi qu'à Miss Parchman, trente secondes pour poser ces armes sur la table. Si vous ne le faites pas, je les prendrai par la force et ensuite, j'appellerai la police!

— Vous croyez ça! ricana Eunice.

Aucune des deux femmes ne bougea. George resta immobile pendant une bonne minute. Il n'avait pas peur. Les fusils n'étaient pas chargés. Du salon lui parvenait le chant d'Elvira *O, taci ingiusto core.* Son propre cœur battait régulièrement. Il s'approcha de Joan, saisit le fusil par le canon et poussa un cri étouffé quand Eunice lui logea une balle dans le cou. Il tomba sur la table, les bras écartés tandis que le sang coulait à flots de la veine jugulaire sectionnée. Joan recula contre le mur. En retenant sa respiration, Eunice tira un second coup dans le dos.

Au bruit des détonations, Jacqueline sursauta en poussant un petit cri effrayé.

— C'est l'allumage de la camionnette, dit Melinda en baissant la voix à cause de l'enregistrement.

— On aurait dit un coup de feu.

— Oui, cela fait le même bruit. Asseyez-vous, Jackie, ou nous allons manquer le plus joli air de tout cet opéra. « Sois silencieux mon cœur, ne bats pas ainsi dans ma poitrine » chantait *Elvira* en se penchant à la fenêtre au-dessous de laquelle se tenaient *Leporello* et *Don Giovanni.* Les deux barytons et le soprano chantèrent en trio. Jacqueline s'assit en regardant la porte.

— Pourquoi ton père ne revient-il pas? dit-elle avec nervosité.

— Il a tiré sur ces deux folles, dit Giles, et il ne sait comment nous l'annoncer.

— Oh! Giles, je t'en prie, lève-toi et va voir. Je n'entends rien.

— Naturellement, dit Melinda avec agacement, vous ne pouvez rien entendre avec ce poste qui marche. Vous ne désirez pas entendre papa mettre Miss Parchman à la porte, n'est-ce pas? Et quand je pense que toutes ces sottises vont être enregistrées!

Jacqueline agita les mains dans un petit geste d'excuse et Giles qui avait commencé à se lever en jetant son paquet de *Philip Morris* sur la table, se laissa retomber dans son fauteuil. Sur l'écran de télévision, *Don Giovanni* faisait entendre ses premiers accords de mandoline *Dei vieni alla finestra*. Viens à la fenêtre.

Impulsivement, Jacqueline obéit et alla à la fenêtre pour soulever le rideau. Elle s'écria :

— La camionnette de Mrs Smith est là! Ce ne peut être cela que nous avons entendu tout à l'heure!

Elle se retourna pour faire face à une Melinda excédée et à un Giles exaspéré. Le visage de Jackie était tendu par l'anxiété. Giles lui-même sentit sa tension et sa peur grandissante.

— Je vais voir, dit-il en se levant lentement, comme un vieillard perclus de rhumatismes. Il se dirigea vers la porte au moment où Joan Smith et Eunice Parchman marchaient dans le couloir.

— Nous devons tuer les autres maintenant, dit Eunice sur le ton qu'elle aurait employé pour parler de quelque mesure nécessaire qui ne pouvait être différée, comme de laver la vaisselle.

Joan, qui n'avait pas besoin d'encouragement, se retourna pour regarder George. Il était mort, mais sa montre marchait encore et depuis sa mort, l'aiguille des minutes était passée de moins le quart à presque neuf heures. Elle se retourna encore une fois pour regarder Eunice avec un large sourire. Il y avait du sang sur ses mains et son visage et sur le pull-over qu'Eunice lui avait tricoté.

Elles traversèrent le Hall. Une voix puissante de baryton soutenue par des violons, les accueillit au moment où Giles ouvrait la porte du salon. Il vit le sang et s'écria « Seigneur! ». Joan s'avança en disant :

— Reculez, nous sommes armées!

Eunice fut la première à le suivre. Ces voix d'homme qui chantaient résonnaient dans sa tête. L'occasion de pouvoir enfin commander et se venger décuplait ses forces. Avec dextérité, elle réarma le fusil. Le visage terrifié de Jacqueline n'était qu'un stimulant de plus. La voix de Jacqueline appelant son mari n'était que la voix d'une femme qui savait lire et levait la tête de son papier à lettres pour faire des remarques sarcastiques. En cet instant, les mots qu'elle prononçait et leur signification passèrent au-dessus de sa tête sans qu'elle les entendît. Par une étrange métamorphose, ce n'étaient plus des êtres humains qui se trouvaient devant elle, mais des mots écrits. Ils étaient ces choses mystérieuses qui se cachaient dans les livres, sur toutes ces pages qu'elle ne comprenait pas, ses éternels ennemis.

— Asseyez-vous, dit-elle, vous n'avez pas volé ce qui va vous arriver!

Le rire de Joan lui coupa la parole. Joan cria une citation biblique et tira. Eunice grommela, non à cause des cris et de la vue du sang, mais parce que Joan avait tiré la première et allait la battre à ce jeu. Elle pointa son arme et fit feu des deux canons. Puis elle réarma tandis qu'un autre coup de feu retentissait à ses oreilles et elle déchargea à nouveau des deux canons sur ce qui se traînait sur le tapis chinois.

La musique s'était tue. Joan devait avoir fermé le poste. La fusillade était terminée. Les cris avaient cessé. Un silence profond remplit le salon. Eunice s'immobilisa. Cette femme de l'âge de pierre était pétrifiée, comme une statue. Ses paupières se baissèrent, sa respiration se fit plus régulière, de sorte que s'il y avait eu un observateur, il aurait pu croire qu'elle s'était endormie debout, à l'endroit où elle se trouvait.

Une statue qui respirait, n'était-ce pas ce qu'Eunice avait toujours été?

CHAPITRE XXI

Le calme exalté de celle qui a accompli une mission divine emplissait Joan Smith. Elle regarda ce qu'elle avait fait et vit que c'était bien. Elle avait exterminé les ennemis de Dieu et s'était ainsi purifiée. Si le test de M'Naghten lui avait été appliqué, il aurait été positif, car tout en sachant ce qu'elle faisait, elle ne savait pas que c'était mal.

Au sens exact du mot, elle était innocente. Elle allait maintenant retourner au village. Calmement, majestueusement, elle posa son arme. Son regard tomba sur le magnétophone. Une petite lampe rouge était allumée. En pressant un bouton, celle-ci s'éteignit.

Elle ne s'occupa guère d'Eunice qui était toujours immobile, tenant son fusil, regardant d'un air implacable les corps de Giles et de Melinda. Ils étaient côte à côte dans la mort, plus près d'un embrassement qu'ils ne l'avaient été dans la vie.

Joan avait oublié qui était Eunice. Elle avait oublié son propre nom, son passé, Shephard's Bush et Norman. Elle était seule. Ange exterminateur, elle craignait seulement que quelque esprit malin, allié aux Coverdale, n'intervînt pour l'empêcher de proclamer la bonne nouvelle.

Le sang de George avait éclaboussé son visage, ses vêtements, ses mains. Qu'il y sèche! D'un pas lent, qui ne lui était pas habituel, elle marcha vers la porte. Eunice fut enfin tirée de sa contemplation.

— Vous feriez mieux de vous laver la figure et les mains avant de partir, dit-elle.

Joan ignora l'injonction. Elle ouvrit la porte et sortit dans la nuit. L'allée et le jardin étaient déserts. Elle monta dans la camionnette.

— Comme vous voudrez, dit Eunice de la porte. Lavez-vous avant de vous coucher et tenez votre langue.

— Je suis l'épée vengeresse des armées de Dieu!

Eunice haussa les épaules. Ce genre de déclaration importait peu. Joan s'exprimait toujours ainsi et les gens du village penseraient seulement qu'elle était un peu plus folle que d'habitude. Elle entra dans la maison où elle avait à faire.

Avec seulement les veilleuses allumées, Joan conduisit la camionnette dans un état de totale euphorie. Elle roulait, la tête haute, sans regarder ni à droite ni à gauche. Ce fut un miracle qu'elle pût franchir le portail. Elle roula encore quelques centaines de mètres sur la route qui tournait devant le haut mur délimitant la propriété des Meadows. Une chouette blanche tomba d'un arbre et s'abattit lourdement sur le capot. Joan crut que c'était un démon envoyé par les Coverdale pour la combattre. Elle appuya sur l'accélérateur et heurta violemment le mur. L'avant de la camionnette plia comme un accordéon et la tête de Joan passa à travers le pare-brise pour aller s'écraser contre l'épais mur de briques.

Il était neuf heures et demie. Les Meadows étaient allés rendre visite à leur fille à Gosbury et personne n'entendit le bruit de l'accident. Norman était au *Blue Boar*. Il ne rentra chez lui qu'à dix heures quinze. Sa camionnette n'était pas garée à sa place habituelle, mais il supposa que Joan était sortie avec Eunice dont c'était la dernière nuit à Greeving. Personne ne signala l'accident avant le retour des Meadows à dix heures vingt-cinq.

Quand ils virent leur mur démoli et la camionnette avec Joan inconsciente et à demi éjectée, ils téléphonèrent d'abord pour avoir une ambulance, puis à Norman. Bien qu'elle fût grièvement blessée, Joan était vivante. Elle fut transportée à l'hôpital où l'on se soucia peu de savoir si tout le sang qui la recouvrait était le sien. Ainsi, Joan Smith, qui aurait dû être internée dans un hôpital psychiatrique depuis des mois, échoua-t-elle au service des urgences.

C'était la seconde fois ce soir-là que Norman se trouvait confronté avec la vue du sang. Près de trois heures avant d'être conduit sur le lieu de l'accident de sa femme, deux jeunes gens étaient entrés au *Blue Boar* et le plus petit et le plus jeune avait demandé au patron, Edwin Carter, les toilettes. Il désirait se laver les mains car il s'était blessé et le mouchoir qui lui servait de bandage sur sa main gauche était maculé de sang.

Carter le dirigea vers les lavabos et sa femme lui proposa de le panser. Il refusa sans donner d'explication. Quand il revint dans la salle, le jeune homme avait recouvert sa main d'un mouchoir propre. Ni les Carter, ni les clients ne se rappelèrent avoir vu sa main blessée. Ils avaient seulement remarqué que le premier mouchoir était taché de sang. Les autres témoins étaient : le garagiste, Jim Meadows, Alan et Pat Newstead, Geoff et Barbara Baalham, le frère de Geoff, Philip et Norman Smith.

Mrs Carter devait se souvenir que l'homme à la main blessée avait commandé un double cognac et son compagnon un verre de bière. Ils s'étaient assis à une table et avaient bu leurs consommations en moins de cinq minutes. Ils étaient partis sans parler à personne, sauf pour demander où ils pourraient trouver de l'essence. Geoff Baalham leur dit qu'il y avait une station-service sur la route, après Gallows Corner et leur expliqua comment y aller. Il les accompagna jusque dans la cour où il remarqua leur voiture, une vieille Morris Minor marron, dans un grand état de délabrement. Il ne releva pas le numéro. Pourquoi l'aurait-il fait ?

Les deux jeunes gens quittèrent le village par Greeving Lane. Cette route les faisait inévitablement passer devant Lowfield Hall.

Le lendemain, tous les témoins donnèrent le signalement des étrangers à la police. Jim Meadows déclara qu'ils avaient tous deux les cheveux noirs et longs et qu'ils étaient vêtus de treilllis bleus. A son avis, celui qui n'était pas blessé devait mesurer plus d'un mètre quatre-vingts. Les Carter confirmèrent que le plus grand avait des cheveux noirs, mais leur fille, Barbara, affirma que tous deux avaient des cheveux blonds et des yeux bleus. Selon Alan Newsteard, le blessé avait des cheveux blonds coupés courts et des yeux bleus, mais sa femme prétendit qu'ils avaient les yeux noirs. Geoff Baalham dit que le plus grand était blond et portait des jeans et que l'autre se rongeait les ongles. Norman Smith avait remarqué que le blond avait une cicatrice au visage et que le brun ne mesurait pas plus d'un mètre soixante-quinze.

Tous auraient souhaité avoir noté l'heure qu'il était, mais comment auraient-ils pu deviner que ce serait important?

Restée seule, Eunice ne fit rien du tout. Assise sur une marche de l'escalier, elle avait la conviction que si elle ne faisait rien et s'en allait simplement le matin avec ses deux valises jusqu'à l'arrêt de l'autocar pour prendre le train pour Londres, tout irait bien. On ne découvrirait peut-être pas les Coverdale avant des semaines et alors, on ne saurait pas où elle était.

Finalement, elle pensa qu'il était temps de boire cette tasse de thé qu'elle n'avait pas eue plus tôt parce que Joan avait versé le contenu de la théière sur le lit. Elle fit bouillir l'eau en tournant autour du corps de George. Le bracelet montre au poignet qui pendait de la table lui apprit qu'il était dix heures moins vingt. Le moment de faire ses valises était arrivé.

Sa garde-robe avait peu augmenté au cours de ces neuf mois, en dehors de quelques lainages. Elle empaqueta le tout dans les valises de Mrs. Samson.

En haut, dans sa chambre, elle avait l'impression qu'il ne s'était rien passé. Il était regrettable qu'elle dût partir le lendemain car maintenant il n'y avait plus personne pour la déranger et elle se plaisait toujours autant dans cette maison.

Il était un peu tôt pour se coucher et elle n'avait pas sommeil, bien que d'habitude, elle s'endormît dès qu'elle posait la tête sur l'oreiller. Mais les circonstances étaient exceptionnelles. Eunice n'avait jamais fait rien de pareil avant ce soir et elle le comprenait. Elle ne se sentait pas d'humeur à regarder la télévision et elle regrettait presque d'avoir emballé son tricot au fond de la valise.

Elle était toujours assise dans sa chambre à onze heures moins le quart, se demandant à quelle heure passait le car le matin et espérant qu'il ne pleuvrait pas, quand elle entendit retentir une sirène sur la route de Greeving. C'était celle de l'ambulance qui venait chercher Joan Smith, mais Eunice l'ignorait. Elle crut que c'était la police et subitement, pour la première fois, elle eut peur.

Elle descendit au premier étage et entra dans la chambre de Jacqueline pour voir ce qui se passait. Elle regarda par la fenêtre, mais ne vit rien. La sirène s'était tue. Comme elle laissait retomber le rideau, la sirène reprit plus fort et au même moment, la lumière des phares troua l'obscurité. Un véhicule qu'elle ne put discerner passa devant le manoir et poursuivit sa route.

Cela ne plut pas à Eunice. C'était là un fait très inhabituel à Greeving. Que se passait-il? Pourquoi ne venait-on pas ici? Ses feuilletons de télévision lui avaient appris certaines pratiques policières. Elle alluma une des lampes de chevet et se mit à essuyer tous les objets que Joan avait touchés, jusqu'aux verres brisés et à la théière. Dans les différents épisodes, Steve était très fort, lorsqu'il ne tirait pas sur des malfaiteurs ou ne les poursuivait pas en voiture pour relever les empreintes digitales. La police n'allait certainement pas tarder à arriver.

Elle descendit au salon où elle alluma la lumière. Maintenant, elle se rendait compte qu'elle avait été folle de croire que la police ne découvrirait rien avant long-temps, car Geoff Baalham viendrait porter ses œufs le lendemain et s'il ne pouvait entrer, il regarderait par la fenêtre et verrait le corps de George.

Afin de ne pas être suspectée, il lui fallait prendre des précautions. Essuyer les empreintes de Joan sur les cisail-les d'abord, essuyer et nettoyer les fusils ensuite.

Elle regarda au salon. Sur le sofa, éclaboussé de sang se trouvait un exemplaire du *Radio Times*. Sur la page ou-verte, également tachée de sang, il y avait des mots grif-fonnés. Eunice le remarqua. Elle aurait dû détruire ce journal, le brûler ou le déchirer en menus morceaux qu'elle aurait jetés aux toilettes. Mais elle ne savait pas lire. Elle referma le journal et, dans un souci de range-ment, le posa avec les journaux du dimanche sur la table. Elle était contrariée de laisser ces tasses sales, avec le paquet de *Philip Morris* vide, mais elle avait l'impression que ce serait une erreur de les enlever.

Remettre la télévision à sa place habituelle dans le petit salon contribuerait à remettre un peu d'ordre. Elle la roula dans le hall et subitement, se rendit compte qu'elle était fatiguée.

Il ne semblait plus rien avoir à faire. La police n'était pas venue. Pour la première fois depuis le début du mas-sacre, elle regarda longuement le corps de George, puis retournant au salon, contempla les corps de sa femme, de sa fille et de son beau-fils. Elle n'éprouvait aucune pitié, aucun regret. Elle ne songea pas à l'amour, au bonheur qu'elle avait détruits car elle ignorait ces sentiments. Elle pensa seulement qu'il était dommage d'avoir taché un si beau tapis et fut heureuse de ne pas avoir été elle-même éclaboussée de sang.

Ayant passé un si long moment à tout ranger, elle eut hâte que son travail fût remarqué. Elle avait toujours éprouvé de la satisfaction à voir admirer le fruit de son travail, bien qu'elle ne manifestât jamais ce plaisir par un mot ou un sourire. Pourquoi attendre que la police découvrît tout cela quand elle serait loin?

Malgré sa répugnance pour cet engin, elle décrocha la téléphone et se rappela alors que Joan avait coupé les fils.

Qu'à cela ne tienne! Une petite promenade dans la fraîcheur de la nuit la stimulerait.

Eunice Parchamn enfila son manteau rouge et noua une écharpe sous son menton. Elle prit une torche dans le garage et partit pour Greeving où il y avait une cabine téléphonique à l'entrée du village.

CHAPITRE XXII

Le détective superintendent William Vetch de Scotland Yard, arriva à Greeving le lundi après-midi pour s'occuper du massacre de la famille Coverdale qui avait eu lieu le jour de la Saint Valentin.

Il arriva dans un village dont peu de gens avaient entendu parler dans le vaste monde et dont le nom faisait maintenant les gros titres des journaux et s'étalait sur tous les écrans de télévision. Il trouva un village dont les habitants restaient enfermés chez eux, comme si l'air était brusquement devenu malsain. Dans les rues, on ne rencontrait plus que des policiers. Jour et nuit, le chemin de Lowfield Hall était encombré de voitures et de cars de police.

Vetch s'installa à la mairie du village et prit possession d'une pièce où, avec ses collaborateurs, il interrogea les témoins, examina les preuves, reçut les appels téléphoniques, s'adressa à la presse et eut son premier entretien avec Eunice Parchman.

Vetch était un officier expérimenté. Il était policier depuis vingt-six ans et sa carrière dans la brigade criminelle avait été remarquable. Il avait personnellement procédé à l'arrestation de James Timson, le tueur de la Banque de Manchester et avait conduit le groupe de policiers qui avait fait irruption dans l'appartement de Walter Eksteen à Brixton, dangereux bandit recherché pour le meurtre de deux gardiens de la paix.

Il avait la réputation de dénicher rapidement un témoin important dans chaque affaire et de s'attacher à lui jusqu'à s'en faire un allié pour dénouer le mystère. Cette tactique s'était révélée payante, en particulier dans le cas de Eksteen où le policier avait été conduit au tueur par la maîtresse jalouse de celui-ci. Le témoin qu'il choisit pour jouer ce rôle dans l'affaire Coverdale fut Eunice Parchman.

Personne n'avait jamais vraiment aimé Eunice. A leur façon, ses parents avaient eu de l'affection pour elle, mais c'était différent. Mrs. Samson avait éprouvé de la pitié à son égard, Annie Cole avait eu peur d'elle, et Joan Smith s'était servie d'elle.

Dès leur première entrevue, Eunice Parchman plut à Bill Vetch car elle ne perdait pas son temps à faire des phrases ou à manifester une sentimentalité déplacée. Il la respectait pour le sang-froid qu'elle avait montré quand, ayant découvert quatre corps dans des circonstances qui avaient retourné le cœur des premiers policiers arrivés sur les lieux, elle avait parcouru deux kilomètres dans l'obscurité pour aller jusqu'à une cabine téléphonique. Il n'eut aucun soupçon à son égard et le léger doute qui l'effleura avant de l'avoir rencontrée, s'envola dès qu'il fut en sa présence et qu'elle lui déclara franchement n'avoir jamais aimé les Coverdale et avoir été renvoyée pour insolence.

De toute façon, ce n'était pas là un crime qui pouvait avoir été perpétré par une femme d'un certain âge et moins encore par une personne seule.

Au surplus, avant même d'avoir vu Eunice, il avait déjà une présomption à l'encontre de l'homme blessé à la main et de son compagnon.

Voici ce que déclara Eunice aux policiers du Suffolk :

— J'étais partie à cinq heures et demie pour Nunchester avec mon amie, Mrs. Joan Smith. Nous avons assisté au service religieux au temple de l'Epiphanie. Mrs. Smith m'a ensuite ramenée en voiture à Lowfield Hall où je suis arrivée à huit heures moins cinq. J'ai regardé l'heure à l'horloge dans le hall, en entrant par la porte principale. Mrs. Smith n'est pas entrée. Elle ne se sentait pas bien et je lui ai conseillé d'aller se coucher tout de suite. Il y avait de la lumière dans le hall et au salon. On voyait la lumière du salon de l'extérieur. La porte du salon était fermée et je ne suis pas entrée dans cette pièce. Je ne suis pas non plus entrée dans la cuisine, car j'avais pris le thé à Nunchester, après le service religieux.

Je suis montée directement dans ma chambre. La porte de la chambre de Mr. et Mrs. Coverdale était ouverte, mais je n'ai pas regardé dans la pièce. Une fois dans ma chambre, j'ai tricoté un moment, puis j'ai fait mes valises.

Mr. et Mrs. Coverdale allaient généralement se coucher vers onze heures le dimanche. Giles passait la plupart des soirées dans sa chambre. J'ignore s'il était chez lui car sa porte était fermée quand je suis montée.

Mr. et Mrs. Coverdale avaient l'habitude d'éteindre la lumière dans le hall et dans l'escalier en montant se coucher. Je me suis mise au lit à onze heures. Quand j'ai remarqué, sous la porte de ma chambre, que la lumière était toujours allumée à onze heures et demie, je me suis levée et j'ai enfilé ma robe de chambre, pour descendre éteindre au premier étage. J'ai alors aperçu des vêtements épars et des verres brisés dans la chambre de Mr. et Mrs. Coverdale. Cela m'inquiéta et je descendis au salon où je trouvai les corps de Mrs. Coverdale, de Melinda Coverdale et de Giles Mont. Je découvris aussi le corps de Mr. Coverdale dans la cuisine. J'ai essayé de téléphoner, mais les fils avaient été coupés.

Je n'ai entendu aucun bruit particulier entre le moment de mon arrivée et celui où j'ai découvert les corps.

Eunice s'en tint à cette déclaration sans en changer un mot. Assise en face de Vetch, elle le regardait avec calme et insista sur l'heure de son retour. L'horloge du hall était arrêtée, car George n'était plus là pour la remonter le dimanche soir. Est-ce que cette horloge marchait bien? Eunice déclara qu'elle retardait parfois de dix minutes, ce qui fut confirmé par Eva Baalham et, plus tard, par Peter Coverdale. Mais, dans les jours qui suivirent, Vetch regretta à plusieurs reprises que la montre de George ne se fût pas brisée au moment de sa mort. De tous les éléments incertains dans une affaire de meurtre, ce qu'il détestait le plus était la confusion sur l'heure et la difficulté de faire concorder celle-ci avec les faits.

Selon les rapports d'expertise, les Coverdale et Giles Mont avaient trouvé la mort entre sept heures trente et neuf heures trente. La raideur post mortem était déjà intervenue quand les corps avaient été examinés à minuit quinze. Son processus avait pu être ralenti par la température ambiante. Le chauffage central fonctionnait toute la nuit à Lowfield Hall, au cœur de l'hiver. D'autres facteurs entraient en ligne de compte, l'examen des viscères, la lividité cadavérique, mais Vetch ne put persuader les experts d'admettre la possibilité que la mort ait pu intervenir avant sept heures et demie. Eunice avait déclaré que les Coverdale avaient l'intention de prendre du thé avec des sandwiches à six heures. Or, ce repas était complètement digéré. Vetch pensait aussi qu'il était bizarre qu'une famille qui a pris le thé à six heures, se fût mise à boire du café à sept heures.

Néanmoins, on pouvait faire coïncider les faits. Les deux jeunes étrangers étaient entrés au *Blue Boar* à huit heures moins dix. Cela leur donnait quinze minutes pour tuer les Coverdale — mais pour quelle raison? Pour s'amuser? Par vengeance contre la classe sociale représentée par cette famille? — quinze minutes pour tuer quatre personnes et aller jusqu'à Greeving. Lorsqu'Eunice était arrivée à huit heures moins cinq — ou huit heures cinq — ils étaient déjà partis, laissant la mort et le silence derrière eux.

Durant ces quinze minutes, ils devaient aussi avoir saccagé la chambre. Vetch n'imaginait pas pourquoi ils avaient renversé la théière sur le lit. Violence gratuite, pensa-t-il, lorsqu'il fut établi qu'aucun des bijoux de Jacqueline n'avait été volé. Ou bien pouvait-on supposer qu'ils cherchaient de l'argent quand ils avaient été surpris par l'un des Coverdale? Quinze minutes suffisaient tout juste pour saccager, briser, tuer.

Vetch passa des heures à questionner les clients du *Blue Boar*, parmi lesquels Norman Smith qui avait vu et avait parlé aux deux jeunes gens. Ainsi, le lundi soir, toutes les forces de police du pays recherchaient-elles cette voiture et ses occupants.

Joan Smith était alors dans le coma à l'hôpital de Stantwich. Mais Vetch croyait qu'elle n'était pas entrée au manoir ce soir-là. Il s'était contenté de vérifier que les deux femmes avaient bien quitté le temple de l'Epiphanie à sept heures vingt. Les fidèles le confirmèrent. Aucun ne déclara à la police que Joan Smith avait proféré des menaces de mort à l'égard de George Coverdale peu avant son départ. D'abord, elle n'avait pas cité George nommément, et ensuite personne ne se souciait d'être impliqué dans une affaire de meurtre.

Eunice fut autorisée à rester au manoir, car elle ne savait où aller et Vetch voulait la garder sous la main. La cuisine lui fut ouverte, mais les scellés furent posés sur les portes du salon. L'exemplaire du *Radio Times* fut ainsi enfermé dans la pièce.

— Je ne sais pas, répondit-elle lorsque Vetch lui demanda si George avait des ennemis. Ils avaient beaucoup d'amis. Je n'ai jamais entendu personne proférer des menaces à son encontre.

Elle lui prépara une tasse de thé tout en continuant à

lui parler de la vie des Coverdale, de leurs amis, de leurs habitudes, de leurs goûts.

Ainsi, la meurtrière et le policier chargé de l'enquête, buvaient leur thé sur la table bien astiquée par Eunice et sur laquelle George Coverdale était tombé mort.

Ce qui était arrivé à Lowfield Hall avait frappé les habitants de Greeving de stupeur et d'incrédulité. Certains en étaient malades de chagrin. Par la force des choses, on ne parlait plus que de cela. Les conversations les plus banales dérivaient inévitablement sur ce massacre. Qui pouvait avoir commis une pareille abomination? On n'arrivait pas à y croire. Jessica Royston pleurait son amie Jacqueline. Mary Cairne fit venir un maçon pour poser des barreaux à ses fenêtres du rez-de-chaussée. Les Jameson-Kerr pensaient qu'ils ne retourneraient plus jamais à Lowfield Hall et le général soupirait en songeant aux parties de chasse faites en compagnie de George. Geoff Baalham ne se consolait pas de la mort de Melinda et savait qu'il lui faudrait du temps avant de se décider à passer par Gallows Corner un vendredi ou un samedi après-midi.

Peter Coverdale et Paula Caswall vinrent à Greeving. Paula, qui avait accepté l'hospitalité des Archer, s'effondra quelques heures après son arrivée. Peter s'était installé à l'auberge de Cattingham. Là, au cours des soirées humides, avec un chauffage électrique insuffisant, il discuta avec Jeoffrey Mont, le père de Giles. Peter n'aimait pas Jeoffrey bien qu'il ne l'eût jamais rencontré auparavent. Néanmoins, il vida une bouteille de whisky en sa compagnie parce qu'il avait l'impression qu'il allait devenir fou s'il n'avait pas quelqu'un à qui parler. De son côté, Jeoffrey déclara que, sans la compagnie de Peter, il se serait suicidé. Ils se rendirent ensemble chez les Archer où ils ne purent voir Paula car le docteur lui avait administré un sédatif.

Jonathan Dexter apprit la mort de Melinda à Norwich en lisant le journal. Il ne fit rien. Il n'essaya pas plus de prendre contact avec le frère et la sœur de Melinda qu'avec ses propres parents. Il s'enferma dans sa chambre où il vécut de pain sec et de thé pendant cinq jours.

Conformément à son devoir, Norman Smith se rendait tous les soirs à l'hôpital pour voir sa femme. Plus ou moins consciemment, il avait souhaité la mort de Joan parce qu'elle lui rendait la vie difficile, mais il n'aurait pas plus admis ce genre de pensée qu'il n'aurait esquivé les visites à l'hôpital. Joan était dans le coma, il ne pouvait donc lui faire part des nouvelles. En revanche, il en discutait au *Blue Boar* où il passait maintenant le plus clair de son temps.

Jusque là, il n'avait pas entendu parler de la plainte déposée par George Coverdale à propos du courrier. Norman était optimiste à cet égard, le plaignant étant décédé.

Sa camionnette avait été envoyée dans un garage de Nunchester. Il apprit qu'elle était irréparable.

— A propos, lui dit le garagiste, j'ai trouvé ceci sur le siège arrière.

Il lui remit un objet qui ressemblait à une radio à transistor. Il l'emporta chez lui et la mit sur une étagère avec une pile de « *Suivez mon étoile* » et l'oublia pendant plusieurs jours.

CHAPITRE XXIII

Des portraits-robots de deux hommes recherchés parurent dans tous les journaux le mercredi 17 février, mais Vetch n'était pas très optimiste. Si un témoin était incapable de dire si un homme était blond ou brun, il était douteux qu'il se souvînt de la forme de son nez ou de son front. L'employé de la station-service de Gallows Corner confirma qu'il avait servi de l'essence à un garçon brun, mais il ne l'avait vu que quelques instants, la nuit, et n'avait même pas remarqué la présence de son compagnon. C'était surtout la couleur inhabituelle de la voiture qui avait retenu son attention.

Ce fut cependant grâce à ses indications et à celles fournies par Jim Meadows que les portraits-robots avaient été dessinés.

Ils provoquèrent des centaines d'appels téléphoniques de gens ayant vu une Minor grise, verte ou noire. Naturellement, chacun de ces appels devait être contrôlé avant de pouvoir être écarté.

Des avis de recherches avaient été adressés à tous les hôtels et le signalement de la voiture fut abondamment diffusé. Toutes ces mesures donnèrent lieu à des centaines d'autres interrogatoires qui se poursuivirent sans résultat le mercredi et le jeudi.

Cependant, le jeudi soir, une femme téléphona pour signaler qu'elle avait vu une Minor marron. Elle vivait dans un camping, près de Clacton sur la côte de l'Essex, à

175

soixante kilomètres environ de Greeving. Une heure plus tard, Vetch s'entretenait avec elle dans sa caravane.

Les voitures des campeurs étaient garées sur un terrain adjacent au parking et Mrs. Burchall avait remarqué la Minor marron parce que cette voiture était particulièrement sale et qu'un de ses pneus était dégonflé et s'enfonçait dans la boue. La voiture était à sa place habituelle le vendredi précédent, mais elle ne se souvenait pas l'avoir vue depuis. En tout cas, elle n'était plus là maintenant.

Des recherches permirent d'établir que le propriétaire de cette voiture était un transporteur nommé Dick Scales. Il n'était pas dans sa caravane quand Vetch s'y rendit. Il fut reçu par une Italienne qui lui déclara être Mrs. Scales, mais reconnut, plus tard, qu'elle n'était pas mariée. Vetch n'obtint d'elle que des exclamations, telle que « Mama Mia » et forces protestations selon lesquelles, elle ne savait rien de cette voiture. Elle ignorait si Dick Scales allait rentrer. Il était parti avec son camion pour le sud.

Les police dressa des barrages, tandis que Vetch se demandait comment les Baalham, les Meadows et les autres témoins avaient pu prendre un homme de cinquante ans pour un jeune homme.

A Lowfield Hall, le salon resta fermé et, plusieurs fois par jour, en descendant à la cuisine, Eunice passait devant. Elle n'essaya pas d'entrer dans la pièce, bien que, si elle l'avait voulu, cela n'eût pas été bien difficile. Les portes-fenêtres étaient fermées, mais les clefs étaient pendues dans la salle d'armes. La police commet souvent ce genre d'erreur, mais ce manque de précautions ne changea rien à l'affaire, car Eunice ne se doutait pas que la seule preuve pouvant l'incriminer se trouvait derrière cette porte et la police n'avait pas remarqué cette preuve.

Eunice était calme. Elle se sentait en sécurité. Elle regardait la télévision et elle avait recours aux provisions du réfrigérateur pour se préparer des repas convenables. Entre les repas, elle mangeait des chocolats; plus encore qu'elle n'en avait l'habitude, car, sans éprouver de véritable tension nerveuse, elle trouvait un peu déconcertant de rencontrer la police tous les jours.

Pour maintenir son stock de provisions, elle se rendit à l'épicerie du village où Norman Smith présidait seul à la direction du magasin mâchant son chewing-gum par la force de l'habitude.

Ce matin-là, il avait reçu un reçu un appel téléphonique de Mrs. Elder Barnstaple. Elle lui avait dit qu'elle passerait pour ramasser les exemplaires de « *Suivez mon étoile* » que Joan n'avait pas eu le temps de distribuer. Norman les prit sur l'étagère avec l'objet qui avait été retrouvé dans la camionnette. Il ne le montra pas à Eunice, mais lui en parla en lui vendant trois tablettes de chocolat.

— Joan vous aurait-elle emprunté une radio à transistor?

— Je n'en ai pas, répondit Eunice, refusant ainsi un cadeau qui aurait pu lui apporter la liberté.

Elle sortit du magasin sans avoir demandé des nouvelles de Joan. Elle remarqua distraitement qu'il y avait moins de voitures de police que d'habitude et que celle de Vetch n'était pas à sa place habituelle devant la mairie. Mrs. Barnstaple, qui arrivait, gara la sienne à cet endroit. Eunice la salua d'un signe de tête et d'un de ses rares sourires.

Norman Smith fit entrer sa visiteuse au salon.

— Quel joli petit magnétophone vous avez là, remarqua-t-elle.

— Est-ce vraiment un magnétophone? Je croyais que c'était un poste de radio à transistor.

Mrs. Barnstaple s'étonna que Norman eût un magnétophone en sa possession sans savoir ce que c'était. Il expliqua comment il avait été retrouvé dans la camionnette après l'accident de Joan. Peut-être appartenait-il à l'un des fidèles de l'Epiphanie? Mrs. Barnstaple promit de se renseigner.

N'importe qui, dans de telles conditions, aurait essayé de faire fonctionner l'appareil pour découvrir ce qu'il contenait. Mais pas Norman. Il était convaincu que seuls des hymnes ou des confessions avaient été enregistrés et il le replaça sur l'étagère avant d'aller vendre des timbres à Barbara Baalham.

Quelques heures plus tard, alors que Dick Scales retournait vers Clacton, un jeune garçon avec de longs cheveux bruns entrait dans le poste de police de Hendon pour y faire une déclaration.

Les funérailles de la famille Coverdale eurent lieu le vendredi à deux heures de l'après-midi. Il y eut beaucoup de monde. La presse était représentée ainsi que de nombreux policiers. Brian Caswall arriva de Londres et Audrey Coverdale de Potteries. Jeoffrey Mont était également présent, ainsi qu'Eunice Parchman, avec les Jameson-Kerr, les Royston, Mary Cairne, les Baalham, les Meadows, les Higgs et les Newstead. Sous un ciel aussi bleu que lors du baptême de Giles Caswall, les proches parents suivirent le prêtre de l'église au cimetière.

George Coverdale avait acheté une concession sous les ifs et ce fut dans cette tombe qu'il devait reposer à côté de sa femme et de sa fille.

Le Révérend Archer prononça quelques paroles tirées de la sagesse de Salomon.

A la demande de son père, le corps de Giles fut incinéré à Stantwich. Les fleurs envoyées pour les Coverdale se fanèrent en quelques heures sous la gelée de février. A la suggestion d'Eva Baalham, Eunice commanda une gerbe de chrysanthèmes, mais ne régla jamais la facture que lui adressa la fleuriste une semaine plus tard.

Peter la reconduisit au manoir en voiture et lui

conseilla de monter se coucher. Eunice ne répondit pas. Elle pensait à sa télévision et à ses tablettes de chocolat.

Vetch n'assista pas aux funérailles. Il était à Londres. Là, il apprit de la bouche de Keith Lovat l'histoire que celui-ci avait racontée à la police de Hendon. Accompagné de Lovat, il se rendit dans une maison de West Hendon où il habitait avec Michael Scales. Au bout du jardin se trouvait un garage entouré d'une haute haie. Sur le sol battu, derrière ce garage, Vetch vit une voiture recouverte d'une bâche. Lovat lui montra une Minor marron qu'il avait achetée, prétendit-il, au père de Michael, Dick Scales, le dimanche précédent.

Cette voiture, expliqua Lovat, lui avait été vendue quatre-vingts livres. En compagnie de Michael, il était allée à Clacton en train pour voir le véhicule. Ils étaient arrivés à trois heures et avaient pris un repas dans la caravane avec Dick Scales et l'Italienne que Lovat appelait Maria et dont Michael disait qu'elle était sa belle-mère.

— Maria avait un petit chien, continua Lovat. Elle l'avait ramené d'Italie où elle venait d'aller voir ses parents et l'avait caché sous une couverture pour lui faire passer la douane. C'était un petit roquet braillard et je préférai ne pas m'en approcher, mais Mike voulut jouer avec lui et en s'énervant, le chien le mordit.

Maria lui pansa la main avec un mouchoir et Lovat lui conseilla d'aller voir un médecin, mais Dick et Maria s'affolèrent en prétendant que Maria risquait une amende importante si l'on apprenait qu'elle avait introduit le chien en fraude. Mick promit de ne rien dire, bien que sa main saignât abondamment.

— Nous sommes partis à la tombée de la nuit, reprit Lovat, et dans l'obscurité, je me suis égaré. Chemin faisant, j'expliquai à Mike qu'une loi en Angleterre obligeait les gens à laisser les animaux en quarantaine avant d'être autorisés à les faire entrer à cause de la rage. Mike prit peur et ce fut le commencement de tous nos ennuis.

Ils finirent par arriver à Greeving. A quelle heure? Vers huit heures moins vingt, pensait Lovat. Michael alla se laver les mains au *Blue Boar* et but un double Brandy, puis ils reprirent la route et s'arrêtèrent pour faire le plein d'essence à une station-service.

— Mike commençait à craindre d'avoir contracté la rage. Pourtant, il refusait d'aller dans un hôpital pour ne pas causer d'ennui à son père. Nous sommes arrivés à la maison à onze heures. J'ai garé la voiture dans la cour.

— Et Lowfield Hall? demanda Vetch, car ils avaient dû passer à deux reprises devant le manoir en allant et revenant de Greeving.

Pour la première fois, Lovat parut se troubler. Il n'avait remarqué aucune maison car il faisait nuit, prétendit-il.

Bizarre, pensa Vetch, mais il invita Lovat à poursuivre son récit.

Celui-ci déclara qu'il ne s'aperçut que le jeudi, en lisant les journaux, que lui et Michael étaient recherchés par la police. Il demanda à Mike de l'accompagner au commissariat, mais celui-ci refusa. Sa main avait considérablement enflé et il n'avait pu aller travailler le mercredi.

Le jeudi soir, Dick Scales, qui s'inquiétait, fit un détour avec son camion pour aller voir son fils. Ils discutèrent sur la conduite à tenir. Dick voulait que Michael allât voir un médecin en prétendant qu'il avait été mordu par un chien errant, mais Lovat déclara que si le chien de Maria était réellement enragé, ils allaient s'attirer encore plus d'ennuis.

Après une âpre discussion, Lovat décida d'en faire à sa tête et, après le départ de Dick, il se rendit au commissariat de police de Hendon.

Ce récit ne coïncidait pas exactement avec celui que Vetch tira finalement de Michael Scales. Ce dernier était couché dans une chambre sordide. Son bras était enflé jusqu'au coude. En voyant entrer Vetch et le sergent,

Michael se mit à pleurer. Quand Vetch lui déclara qu'il était au courant, Michael reconnut tout et même quelque chose que Lovat avait caché. En allant à Greeving, ils s'étaient arrêtés à l'entrée d'une grande maison où brillait de la lumière. Lovat était descendu avec l'intention de demander la route de Gosbury. Cependant, avant d'arriver à la porte, impressionné par cette belle demeure, il n'avait pas osé sonner.

Interrogé à son tour, Lovat reconnut qu'il était bien descendu de voiture, mais qu'il avait hésité à sonner à cette heure tardive.

Cela pouvait être vrai. Lovat et Scales semblaient être des garçons pusillanimes et indécis. En décrivant la maison, Lovat précisa que c'était une grande bâtisse avec deux portes fenêtres de chaque côté de la porte. Il ajouta qu'il avait entendu *de la musique venant de la maison*. A quelle heure? Huit heures moins vingt, dit Lovat, alors que Scales pensait qu'il était huit heures moins le quart.

Vetch fit inculper Maria pour avoir contrevenu à la loi de quarantaine et Michael Scales fut transporté à l'hôpital où il fut mis en observation. Que faire de Lovat? Il n'y avait pas de preuves assez consistantes pour l'inculper de meurtre. Vetch s'arrangea pour le faire admettre à l'hôpital, également en observation. Ainsi, il le garderait sous la main. Le superintendent se mit alors à réfléchir sur ce qu'il avait appris à propos de l'heure et de la musique.

Quelle musique? Le tourne-disques, la radio et la télévision se trouvaient dans le petit salon. Par conséquent, cette assertion semblait être une invention de Lovat, bien qu'il ne semblât pas avoir de raison pour mentir à ce sujet. Il était probable que Lovat et Scales étaient arrivés beaucoup plus tôt à Lowfield Hall et qu'ils avaient tué les Coverdale. Mais pour quelle raison? On pouvait imaginer qu'ils avaient sonné pour demander de téléphoner et qu'ils s'étaient heurtés à une opposition de George Coverdale et de son beau-fils. Si Lovat mentait, l'heure coïncidait. Mais pour commencer, Lovat devait être sûr d'une chose ou, comme devait se le répéter Vetch au cours des jours qui suivirent, faire face à la musique.

Il eut recours aux jeunes Coverdale et aussitôt Audrey lui confia ce qui l'avait intriguée et qui ne semblait pas concorder avec le crime.

— Je n'ai jamais compris pourquoi ils ne regardaient pas la retransmission de *Don Giovanni*. Pour rien au monde, Jacqueline n'aurait manqué cela !

Mais le poste de télévision était dans le petit salon, alors que la famille semblait avoir pris le café au salon. D'un autre côté, coupable ou non, Lovat avait prétendu qu'il avait entendu de la musique.

Le dimanche après-midi, Vetch fit sauter les scellés de la porte du salon et fouilla à nouveau la pièce du crime. Il recherchait une preuve que le poste de télévision s'était trouvé là, mais il n'en trouva aucune. Il eut alors l'idée de regarder à quelle heure la retransmission de l'opéra avait commencé. Son regard tomba, par hasard, sur le *Radio Times* qui avait été rangé par Eunice avec un exemplaire de l'*Observer*. Il ouvrit le magazine à la page appropriée et remarqua aussitôt que cette page était éclaboussée de sang. Dans la marge, on pouvait lire quelques notes manuscrites.

Ouverture coupée. Voix placée trop haut dans la dernière mesure de La Ci Darem. *Contrôler avec l'enregistrement de M.*

Vetch avait vu des spécimens de l'écriture de Jacqueline et reconnut aussitôt que ces notes étaient de sa main. Il était clair qu'elles avaient été écrites pendant la diffusion du spectacle. Le seul expert qu'il ait sous la main — et il ne savait pas jusqu'à quel point il pouvait lui faire confiance, ne connaissant rien, lui-même, à la musique — était Audrey Coverdale. Il refit poser des scellés sur la porte et passa dix minutes à réfléchir dans la cuisine en buvant le thé que lui avait préparé Eunice.

En bavardant avec lui, Eunice avait répété qu'elle n'avait pas entendu de musique en rentrant à huit heures moins cinq — ou huit heures cinq. Elle avait assuré que le poste de télévision était toujours dans le petit salon et s'y trouvait lorsqu'elle avait découvert les corps.

Audrey Coverdale se préparait à partir. Elle confirma que les notes étaient bien de la main de Jacqueline.

— Qu'est-ce que cela signifie? demanda Vetch.

— *La Ci Darem* est un duo qui intervient dans la scène III du Ier acte, dit Audrey qui aurait pu lui chanter tous les airs de cet opéra, si vous voulez savoir à quel moment précis ce duo est chanté, je dirai que c'est à peu près quarante minutes après le début.

Sept heures quarante? Vetch ne la crut pas. Il était inutile de consulter des profanes. Le lundi matin, il envoya son sergent à Stantwich acheter un enregistrement complet de l'opéra et l'écouta dans la salle de la mairie sur un tourne-disques qu'il avait emprunté. A son grand étonnement, *La Ci Darem* fut chanté exactement quarante deux minutes après le début.

Ouverture coupée, avait noté Jacqueline. Vetch téléphona à la BBC et apprit, qu'effectivement, une coupure d'environ trois minutes avait été opérée et que *La Ci Darem* avait été joué à sept heures trente-neuf. Par conséquent, Jacqueline Coverdale était en vie à sept heures trente-neuf, parfaitement tranquille et décontractée.

Il était peu probable que les tueurs fussent dans la maison à ce moment-là. Et cependant, Lovat et Scales avaient été vus par neuf témoins à sept heures quarante au *Blue Boar*. Quelqu'un d'autre était donc entré à Lowfield Hall après le départ de Lovat et avant huit heures cinq — car ce devait forcément être huit heures cinq et non huit heures moins cinq.

Vetch se pencha sur les notes de Jacqueline qui représentaient les seules preuves concrètes qu'il possédât.

CHAPITRE XXIV

En parcourant les colonnes des petites annonces du *East Anglian Daily Times*, Norman Smith trouva une demande de magnétophone d'occasion. Il n'hésita pas longtemps à décrocher le téléphone. Mrs. Barnstaple n'avait pas retrouvé le propriétaire du magnétophone et Joan était toujours dans le coma, incapable de donner le moindre renseignement.

Norman n'eut pas l'idée de porter cet appareil à la police. De plus il pouvait en tirer cinquante livres qui seraient les bienvenues étant donné l'état lamentable de ses finances. Il composa le numéro. L'annonceur était un journaliste du nom de John Plover. Il dit à Norman qu'il viendrait le voir à Greeving le lendemain.

Ce qu'il fit. Non seulement il acheta le magnétophone sur-le-champ mais il conduisit Norman jusqu'à Stantwich à l'heure de visite de l'hôpital.

Pendant ce temps-là, Vetch avait tiré d'autres renseignements des notes du *Radio Times*. « *Contrôler avec l'enregistrement de M.* » ne semblait pas avoir de signification particulière. A moins que Jacqueline ne se référât à un disque écouté dans l'après-midi avec Melinda?

Interrogé, Peter Coverdale déclara qu'il ne pensait pas que sa sœur eût des disques classiques, mais que son père lui avait offert un magnétophone pour Noël.

Vetch le regarda fixement. Pour la première fois, il

s'avisait que « enregistrement » ne signifiait pas nécessairement un disque.

— Mais il n'y a pas de magnétophone dans la maison, dit-il.

— Je suppose qu'elle l'avait emporté avec elle à l'université.

La possibilité qui s'ouvrait à Vetch allait au-delà de tous les rêves d'un policier : Si Melinda Coverdale avait eu son magnétophone branché quand les assassins étaient entrés dans la maison, l'heure serait fixée de façon précise et les voix des intrus enregistrées...

Il refusa de spéculer sur cet aspect de l'affaire. Ce serait trop beau pour être vrai. Le premier geste des tueurs auraient été de faire disparaître cet enregistrement et de le détruire.

L'inestimable Eunice Parchman, témoin N° I fut appelée. Elle déclara :

— Je me rappelle que son père lui a offert un magnétophone pour Noël. Il était dans sa chambre dans un étui en cuir. Elle l'a emporté au collège quand elle y est retournée en janvier et ne l'a pas ramené ensuite.

Eunice disait la vérité. Elle n'avait pas vu le magnétophone depuis le matin où elle avait écouté la conversation de Melinda. C'était Joan qui l'avait emporté. Joan qui, dans sa folie, était mille fois plus astucieuse qu'Eunice ne le serait jamais. Eunice n'avait même pas remarqué qu'elle tenait quelque chose à la main en partant.

Les hommes de Vetch continuèrent à interroger tous ceux que Melinda avait connus. En désespoir de cause, Vetch ordonna une nouvelle fouille de Lowfield Hall et devant le résultat négatif, il fit même creuser les parterres de fleurs.

Eunice ignorait ce qu'ils recherchaient et ne s'en souciait pas. Elle préparait des tasses de thé qu'elle portait aux policiers. Sa grande préoccupation du moment était le règlement de ses gages. George Coverdale avait l'habitude de lui remettre son salaire le dernier vendredi du mois. Ce dernier vendredi, 26 février, tombait le lendemain mais jusqu'à présent, Peter Coverdale n'avait manifesté aucune intention d'honorer les obligations héritées de son père, ce qui semblait à Eunice très mesquin de sa part.

Elle ne voulut pas se servir du téléphone et se rendit à pied à Cattingham où elle le demanda à l'auberge. Mais Peter était sorti. Bien qu'Eunice l'ignorât, Peter accompagnait sa sœur en voiture à la gare, car elle ne pouvait rester plus longtemps loin de son mari et de ses enfants.

Vetch revint le lendemain au manoir et Eunice décida qu'il devrait lui servir d'intermédiaire. Le superintendent de Scotland Yard, chef de la brigade criminelle, se déclara trop heureux de lui rendre service. Il allait prendre contact avec Peter Coverdale dans l'après-midi et lui ferait part du dilemme de Miss Parchman.

— J'ai confectionné un gâteau au chocolat, dit Eunice, je vais vous en porter une tranche avec une tasse de thé.

— C'est très aimable à vous.

En fait, ce ne fut pas une tranche, mais tout le gâteau qu'Eunice fut obligée de sacrifier car Vetch avait fixé à onze heures une conférence dans le petit salon avec trois officiers de haut rang de la police du Suffolk. Elle sortit de la pièce avec un « Merci, Monsieur », et retourna préparer son propre déjeuner.

Elle venait de s'installer au bout de la table devant son assiette à midi juste, quand le sergent entra par la salle d'armes en compagnie d'un jeune homme qu'Eunice n'avait encore jamais vu.

Le sergent tenait une grande enveloppe contenant un objet volumineux. Il sourit à Eunice et lui demanda si Mr. Vetch était là.

— Il est dans le petit salon, dit Eunice qui savait très bien quand il convenait ou non de donner du « Monsieur », il y a plusieurs personnes avec lui.

Le sergent se dirigea vers la porte, mais en entendant la voix d'Eunice, le jeune homme la dévisagea d'un air pétrifié. Melinda l'avait regardée de la même façon, au même endroit, trois semaines plus tôt. Eunice fut soulagée quand le sergent appela :

— Par ici, Mr. Plover, s'il vous plaît.

Eunice lava son assiette dans l'évier et mangea sa dernière barre de chocolat. Elle se demanda si Vetch avait fait une démarche auprès de Peter Coverdale à propos de ses gages. Dehors, les policiers creusaient toujours dans le jardin. Elle apprécierait davantage son feuilleton favori, avec le Lieutenant Steve, ce soir à la télévision, si elle était certaine de toucher son argent.

Elle traversa le hall et entendit de la musique.

Cette musique provenait du petit salon. Cela signifiait qu'il ne se passait là rien d'important qu'elle ne put interrompre. La musique lui parut familière. Elle l'avait déjà entendue. Chantée par son père? Plutôt à la télévision. Une voix prononçait des mots étrangers que son père n'aurait pas connus.

Eunice leva la main pour frapper à la porte et interrompit son geste en entendant un cri s'élever dans la pièce, dominant la musique :   — Seigneur!

Elle ne put identifier cette voix, mais elle reconnut la suivante, la voix d'une personne qui était maintenant à l'hôpital avec une fracture du crâne.

— Reculez, nous sommes armées!

D'autres voix suivirent et la sienne propre avec, en arrière fond, cette musique comme dans un cauchemar extravagant.

— Où est mon mari?

— Il est dans la cuisine. Il est mort.

— Vous êtes folle! Vous avez perdu la tête. Je veux voir mon mari! Laissez-moi passer. Giles! Giles! Le téléphone... Non!... Non... Giles...

Eunice parlait maintenant à Jacqueline :

— Asseyez-vous. Vous n'avez pas volé ce qui va vous arriver!

Un ricanement de Joan :

— Je suis l'instrument du Très Haut, suivi d'un coup de feu.

A travers la musique et les cris, on percevait le bruit sourd d'un corps qui tombait et les cris affolés de Melinda « Je vous en prie, je vous en prie! ». Un dernier coup de feu. La musique, encore la musique. Puis le silence.

Eunice pensa qu'elle devait monter faire ses valises avant que se manifestât ce qui, derrière cette porte, d'une façon qu'elle ne pouvait comprendre, voulait venger la mort des Coverdale. Mais un poids pesa sur son esprit et, moins que jamais, elle n'était en état de raisonner. Elle fit quelques pas en direction de l'escalier, comptant sur ce corps solide qui ne lui avait jamais fait défaut, qui était tout ce qu'elle possédait au monde et, brusquement, ce corps l'abandonna.

Au pied de l'escalier, à l'endroit où elle s'était tenue en entrant pour la première fois dans cette maison, neuf mois plus tôt, ses jambes fléchirent sous elle et Eunice Parchman s'évanouit.

Le bruit de sa chute fut perçu de la pièce voisine où Vetch se mettait en devoir de repasser la bande magnétique devant un auditoire de policiers maintenant pâles et défaits. Il ouvrit la porte et la vit étendue par terre, mais il ne put se résoudre à la soulever, ni même à la toucher de ses mains.

CHAPITRE XXV

Joan Smith est toujours immobile et inconsciente à l'hôpital de Stantwich. Une machine fait fonctionner son cœur et ses poumons. Les autorités médicales s'interrogent pour savoir s'il ne serait pas plus charitable d'arrêter cette machine. Son mari est employé dans un bureau de poste au pays de Galles. Il a conservé son nom. Après tout, il y a tant de Smith!

Peter Coverdale continue ses conférences d'économie politique. Sa sœur Paula ne s'est jamais remise de la mort de son père et de Melinda. On a dû lui faire trois séances d'électro-chocs en deux ans. Jeoffrey Mont s'est mis à boire. Il est en passe de devenir l'alcoolique décrit par Joan Smith lors de sa seconde rencontre avec Eunice.

Tous trois sont engagés dans un procès sans fin, car il n'a pu être établi si Jacqueline était morte avant son fils ou le contraire. Si elle mourut la première, Giles hérita — brièvement de Lowfield Hall et, par conséquent, la propriété doit maintenant revenir à son père. Mais s'il est mort avant sa mère, le manoir doit revenir aux héritiers naturels de George Coverdale.

Jonathan Dexter, promis aux plus grands honneurs par son agrégation, l'obtint de justesse. Mais il s'est ressaisi. Il enseigne maintenant le français dans une école du Sussex et il a presque oublié Melinda depuis qu'il fréquente un professeur de sciences de son école.

Barbara Baalham a donné le jour à une fille que l'on a

appelée Ann parce que le nom de Melinda, comme l'aurait voulu Geoff, semblait un peu morbide.

Eva travaille chez les Jameson-Kerr pour soixante-quinze pence de l'heure.

On parle toujours du massacre de la St Valentin à Greeving, surtout au *Blue Boar* les soirs d'été quand il y a des touristes.

Eunice Parchman est passée en jugement aux assises de l'Old Bailey parce qu'on ne put rassembler un jury impartial à Bury St Edmund. Elle a été condamnée à un emprisonnement à vie, mais en pratique, elle sera relaxée au bout de quinze ans. Certains prétendent que c'est une punition vraiment inadéquate eu égard à l'horreur de son crime. Mais Eunice a été punie. Le coup lui a été porté avant l'annonce de la sentence, lorsque son avocat déclara au juge, au procureur général, aux policiers présents, au public qui se trouvait là et aux journalistes qui s'empressèrent d'en prendre note pour le révéler au pays tout entier, qu'elle ne savait ni lire ni écrire.

— Analphabète? demanda le Juge Manaton, est-il exact que vous ne savez pas lire?

Il dut répéter sa question. Tremblante d'émotion, rouge de honte, la rage au cœur, Eunice Parchman dut reconnaître que c'était vrai.

En prison, on l'encouragea à remédier à cet état de chose. Elle refusa avec obstination de faire le moindre effort dans ce sens. Il était trop tard.

Trop tard pour la changer ou pour changer ce quelle avait fait.

IMPRIMÉ EN FRANCE PAR BRODARD ET TAUPIN
58, rue Jean Bleuzen - Vanves - Usine de La Flèche.
LIBRAIRIE GÉNÉRALE FRANÇAISE - 14, rue de l'Ancienne-Comédie - Paris.

ISBN : 2 - 253 - 03782 - 6   ◈ 30/6128/0